오이디푸스 왕 풀어읽기

텍스트와 퍼포먼스

소포클레스 작 | 강태경 역저

홍문각

고서실 서가에서 해묵은 텍스트 하나를 끄집어낸다.
거죽의 먼지를 툭툭 털고 꾸섬히 책장을 열면
누런 종이 위에 박힌 옛 활자체 글자들이
시퍼런 섬광을 내며 일어선다.

차 례 . . .

감사의 말

이 책이 나오기까지 많은 이의 수고가 있었다. 먼저 이 책의 초판을 세상에 나오게 해주셨던 새문사의 김준희 실장님과 김성숙 차장님께 다시 한 번 고개 숙여 감사드린다. 필자로서 지난 십년 간 이 책을 즐겁게 읽어주신 독자들께도 감사드리지 않을 수 없다. 그 가운데 누구보다 깊은 공감으로 오이디푸스를 만났기에 일각의 망설임도 없이 흔쾌히 재출간을 맡아주신 홍문각의 김혜숙 대표님께는 미래의 독자들과 함께 깊은 감사의 마음을 바친다. 뜻하지 않게 더해진 일감을 성심껏 매만져준 공미경 부장님께도 진심으로 감사드린다.

공연사진을 제공해준 단체와 개인에게 많은 빚을 졌다. 브리스톨대학교(University of Bristol Theatre Collection)와 존 비커스 재단(John Vickers' Theatre Collection), 영국국립도서관(British Library Board), 꼬메디-프랑세즈(Comédie-Française), 코린트영화사(Corinth Films, Inc.), 거스리극장(Guthrie Theater), 우즈부르크대학 바그너박물관(Martin von Wagner Museum der Universität Würzburg), 프라하국립극장(Narodni Divadlo, Prague), 빅토리아-앨버트박물관(Victoria&Albert Museum) 등은 이 고전 텍스트를 공연의 생명력으로 복원하려는 필자의 취지를 이해하고 소중한 자료들을 내어주었다. 특히 프라하국립극장의 안드레아 쿠네소바(Andrea Kunesova)와 코린트영화사의 존 풀(John Poole) 사장에게는 각별한 감사(special thanks)의 뜻을 전하고 싶다. 두 분의 호의와 수고가 없었더라면 적지 않은 양의 사진자료를 신고자했던 필자의 욕심은 다만 욕심으로 그쳐야만 했을 것이다.

오랜 시간 나와 함께 〈오이디푸스 왕〉을 읽어 준 이화여대 영문과 학생들에게 감사를 전하지 않을 수 없다. 이 '낡은' 텍스트에 새로운 호흡을 불어넣어 준 것은 바로 그들이다. 마지막으로, 내 속에 존재하는 어둠과 빛을 보게 해준 내 혈육들, 그리고 인간의 빛과 어둠을 무대 위에 여명으로 빚어내는 연금술사 한태숙 선생님께 이 책을 바친다.

2018년 여름 강태경

서문 ··· 헤르메스의 날개

고서실 서가에서 해묵은 텍스트 하나를 끄집어낸다.
거죽의 먼지를 툭툭 털고 무심히 책장을 열면
누런 종이 위에 박힌 옛 활자체 글자들이
시퍼런 섬광을 내며 일어선다.

고전이 더러는 박물관 소장품으로 전시되거나 망각되고 또 더러는 소비자 취향에 따라 수익 상품으로 가공되어 문화시장에 유통되는 시대에 나는 이천 오백년이나 묵은 이 텍스트를 집어 들고 어찌할 바를 모른다. 고전과 현대의 이중 언어 구사자로서 이 텍스트를 전달하고 뜻을 풀이하는 헤르메스(Hermes)의 역할을 자임해보지만, 화자와 청자 사이의 골 깊은 인식적 거리에 당혹해하는, 그리고 두 방언의 교차점에서 진정 자신의 모국어가 무엇인지를 회의하는 동시통역사처럼 나는 내가 누구의 대변자인지를 확신하지 못한다.

해석자(inter-preter : 사이에서 말하는 자)의 또 다른 당혹감은 이 텍스트의 존재론적 이중성으로부터 온다. 활자매체로 책상 위에 놓인 이 옛 문서는 플라톤과 아리스토텔레스의 유고들과 함께 논리적 독서를 요청하거나 호머나 사포의 작품처럼 서사적·시적 상상력을 요구하는 문학텍스트인가? 아니면 옛 지중해 반도의 연극축제를 언어의 약호 아래 숨긴 그래서 암호의 해독을 통해 '몸'의 부활을 상상해야 하는 공연텍스트인가? 서재와 무대, 어느 한편에 자신의 머리를 두려 하지 않는 이 고의적 실향의 텍스트에게 문학과 연극, 어느 언어로 말을 걸어야할지 나는 망연자실해진다.

6

무엇보다 애초에, 해석자는 왜 이 텍스트를 선택하는가? 아니면 텍스트가 해석자를 선택한 것인가? 정녕 이 텍스트의 무엇이 그를 사로잡아 시간의 간극과 상이한 예술형태의 틈새 사이에 버둥대도록 묶어 두는가? 공포와 연민을 분출하는 이야기의 틀거리가 고대의 해석자 아리스토텔레스를 포박했고, 아폴로와 디오니소스가 벌이는 유혈 낭자한 투쟁이 현대의 해석자 니체를 매혹했다면, 포스트모던을 살아가는 오늘날 독자/관객의 대변자를 자임하는 해석자는 이 낡은 텍스트의 날선 섬광 속에 무엇을 발견하는가?

이러한 의문과 질문, 그리고 그것이 불러일으키는 당혹과 기대로부터 이 책은 출발한다. 해석자에게 예정된 목적지는 없다. 해석자에게 주어진 이정표도 텍스트 안에 새겨지거나 감춰진 것 외에는 없다. 지금으로서는 빛바랜 그 이정표들 가운데 하나에 "나는 누구인가"라는 오이디푸스의 질문이 적혀 있음을 간신히 식별할 수 있을 따름이다. 그리고 어느 박물관에서 만난 기원전 5세기의 항아리에 새겨진 오이디푸스와 스핑크스의 대화를 떠올리고는 그 불가해한 퍼즐이 다시 한 번 궁금해질 뿐이다.

그리하여 해석자는 인간의 질문과 괴물의 퍼즐을 부여잡고, 이 텍스트를 – 희망컨대, 생산적으로 – 분열시키는 고전과 현실 그리고 문학과 연극 사이의 협곡이라는 험난한 지형을 섭렵하기 위해 유연한 상상을 허용하는 헤르메스의 넉넉한 날개에 편승할 뿐이다. 그 비행이 해석자를 잠시 내려놓는 곳, 그곳이 독자 여러분과 이 텍스트가 모국어로 만나는 고향이기를 바랄 뿐이다.

역저자 강태경

오이디푸스 왕 미리보기

기원전 5세기 그리스 반도와 그 주변

〈오이디푸스 왕〉의 배경인 테베(Thebes), 델파이(Delphi), 코린트(Corinth)가
형성하는 '운명의 삼각지대'는 그리스 비극이 꽃피었던 아테네(Athens)의 북
서부에 자리 잡고 있다. 운명의 화살을 피해 젊은 오이디푸스는 이 삼각지
대를 방황했으나 예정된 파멸을 겪은 후 그는 나이든 예언자가 되어 반도
전역을 유랑하게 된다.

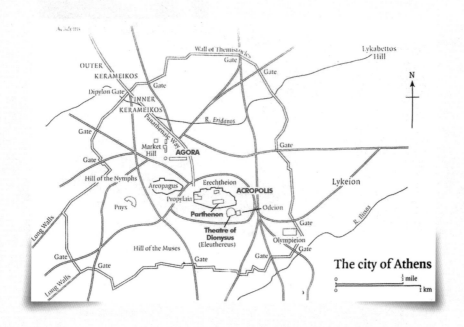

기원전 5세기 도시국가 아테네

매년 봄 연극 경연대회가 열리던 디오니소스 극장(Theatre of Dionysus)에
이르기 위해서 시민들은 시장을 중심으로 경제활동과 여론형성의 장을 이
루었던 아고라(Agora) 광장을 거쳐 파르테논(Parthenon) 신전을 정점으로
하는 정치의 중심지 아크로폴리스(Acropolis) 언덕을 넘어야만 했다. 현실
의 영역을 잠시 벗어나 꿈의 영토에 이르는 길이랄까.

디오니소스 극장 〈오이디푸스 왕〉이 최초로 상연된 이 극장은 원래 디오니소스 숭배제
의가 이루어지던 작은 사당이 있던 곳이다. "디오니소스의 도시"(City
Dionysia)라 불린 축제 행사의 일환이었던 연극 경연대회가 여기서 치
러졌으며, 수 세기에 걸쳐 이 극장에서 상연된 수천 편의 작품 가운데
지금은 47편의 대본만이 남아 있다.

유적과 공연 아테네 고유의 문화였던 그리스 비극은 헬레니즘 시대의 도래와
함께 지중해 연안 각지로 전파되어 많은 유적을 남기고 있다. 객석
에 접한 원형 공간(*orchestra*)과 그 뒤의 단상무대(*skene* : scene)는 각
각 합창대와 배우들의 연기공간을 형성했다. 기원전 3세기에 건립
된 에피도로스(Epidauros) 극장은 헬레니즘 시대 최대 규모의 극장
으로서 만오천 명의 관객을 수용했으며, 무대 위의 작은 소리도 원
거리의 객석에까지 전달되는 뛰어난 음향 효과로 유명하다. 사진
은 〈결박된 프로메테우스〉의 현대 공연 모습.

그리스 비극배우 기원전 4세기 항아리에 새겨진 배우의 모습. '배우'를 뜻하는 고대
그리스어는 *hipokrite* 였다. 이 말은 의미의 전락을 겪어 '위선자'
(hypocrite)라는 현대어의 어원이 되었지만, 원래의 의미는 '대답하는
자'라는 뜻이다. 그것은 대화로 이루어진 드라마의 특성에서 비롯된
것이기도 하지만 배우의 현실로부터의 초탈, 곧 변신을 강조하는 말
일 수도 있다. 배우란 허구적 세계, 존재하지 않는 것의 부름에 답하
는 자이기 때문이다.

© Courtesy of Martin von Wagner Museum der Universität Würzburg
(Fragment L832). (Photo: K. Oehrlein)

'큰' 배우

비극배우의 상아 조각(기원후 2세기로 추정). 고대 그리스 연극은 가면극이었으며 배우는 높은 굽의 무대용 신발(코투르나이 : *kothurni*)을 신었다. 대규모 야외공간이라는 극장의 물리적 조건 때문이기도 했으나, 거대하고 극단적인 운명에 맞서 싸우는 비극적 인물들은 '보통 크기'의 개인을 뛰어넘어 극단적 체험을 감당하는 초인과 영웅으로 간주되었기 때문이 아니었을까. 그렇다면 그리스 비극배우는 어떤 존재라도 품을 수 있는 '넓고 큰' 우리네 광대(廣大)의 사촌이었던 모양이다.

인간, 스핑크스의 수수께끼　'아침에는 네 발, 한낮에는 두 발, 저녁에는 세 발을 가진 짐승.' 너무나도 명백한 스핑크스의 수수께끼를 어째서 오이디푸스만이 풀 수 있었던 것일까? 고대인들에게는 '인간'이라는 개념 자체가 없었던 것일까? 적어도 '짐승'은 아니라는 인간의 오만 탓이었을까? 기원전 4세기 항아리에 새겨진 '괴물' 스핑크스와 '인간' 오이디푸스의 대화.

오이디푸스 등장　　"나, 오이디푸스가 왔노라"

'만인 위에 뛰어난 인간' 오이디푸스 역의 로렌스 올리비에
(Laurence Olivier)가 왕궁 계단 아래 엎드려 탄원하는 테베 시민들
앞에 등장하고 있다. (1945년 런던 공연 : 타이론 거스리 [Tyrone
Guthrie] 연출)

© Photo: John Vickers (Courtesy of the University of Bristol Theatre
Collection)

가면극 〈오이디푸스 왕〉　현대에도 그리스 비극 원래의 모습을 재현하려는 시도들이 있어왔다. 그 가운데 영국 연출가 타이론 거스리(Tyrone Guthrie)의 1955년 캐나다 스트랫포드 공연은 뛰어난 가면 디자인과 복원된 그리스 비극의 연기양식으로 오늘날까지도 기념비적 공연으로 남아 있다. 사진은 합창대에 둘러싸인 오이디푸스 왕.

제우스의 사제

예언자 티레시아스

재상 크레온

왕비 요카스타

코린트의 목자

테베의 목자

궁정의 전령

〈오이디푸스 왕〉의 캐릭터들 스트랫포드 공연의 디자이너 타냐 모이세비치(Tanya Moiseiwitch) 가 고안한 가면들. 등장인물 또는 성격(character)의 어원인 고대 그리스어의 *karacterai*는 원래 가면이라는 뜻이다. 변화무상한 표정들은 스쳐 지나는 그림자일 뿐, 한 인간의 영혼과 성격은 그 얼굴에 영원히 각인되어 있기 때문일까.

하늘을 여는 노래 "여기 이 지상에 임하소서"

그리스 비극은 배우들의 대화 장면(*episode*)과 합창대의 노래 장면
(*stasimon*)이 교체 반복되는 구성으로 되어 있다. 때로 노래는 물리적
영역과 형이상학적 영역, 육의 세계와 영의 세계, 인간 세상과 신의 영
토 사이에 소통을 이루려는 시도가 된다. 요컨대 〈오이디푸스 왕〉의
무대는 육과 영의 세계가 공존하는 신화적·종교적 상상력의 공간이
다. 널브러진 시신들에서 영혼이 빠져 나와 저승으로 향하는 모습을
목격하는 영적 투시의 세계이다. 테베에 내린 저주를 풀기 위해 신들의
이름을 애타게 부르는 합창대. (1952년 독일 다름슈타트 공연)

* Photo : Darmstadt State Theatre

추리극〈오이디푸스 왕〉 "아폴로의 신탁은 명쾌한 것이었습니다"

델파이 신전에서 돌아온 재상 크레온이 전왕 라이우스의 살인
자를 찾아내어 처형하라는 아폴로의 신탁을 전하는 순간, 비극
은 살인사건의 미스터리를 풀어나가는 추리극의 외양을 띠고
출발한다. (1963년 프라하 공연 : 미로슬라브 마챠첵 [Miroslav
Machacek] 연출)

© Photo Courtesy of Prague National Theatre

오이디푸스 캐릭터 "내 친히 진실을 밝히리라"

하지만 인간이 감당할 수 있는 진실은 어디까지일까? 스트랫포드 공연의 오이디푸스 마스크는 날카로운 눈매와 뚜렷한 콧날을 그려내는 강한 직선과 그 선 아래 드리워진 음영을 통해 치밀한 사고력, 결단에 찬 실행력, 지극한 연민의 자질을 모두 겸비한 '만인 위에 뛰어난 인간' 오이디푸스의 성격을 명확히 구현하고 있다. 그러나 황금빛 왕관과 어의는 단순한 군왕의 위엄을 넘어선다. 특히 불꽃같이 뻗쳐오른 왕관은 '하늘을 찌를 듯' 하다. 혹은 그것은 햇살 자체를 구현하는 것은 아닌가? 그렇다면 태양신 오이디푸스? 아폴로의 권좌를 넘보는! 인간의 무한한 상승의지와 솟구치는 열망을 표상하는 불꽃의 왕관에 이미 비극의 씨앗이 깃들어 있다.

눈 먼 예언자 "당신이 찾는 살인자는 바로 당신 자신이오"

진실을 꿰뚫어보는 힘을 가진 유일한 사람인 예언자 티레
시아스가 장님이라는 사실은 인간의 존재와 인식능력에
대한 극명한 역설이지 않은가. (1963년 프라하 공연)

© Photo Courtesy of Prague National Theatre

신의 길과 인간의 길 "당신을 파멸로 이끄는 것은 아폴로 그분만으로 충분하오"

제단 앞에 엎드린 눈 먼 예언자는 신의 길을 보지만 날카로운 눈을 가진 '지혜자' 오이디푸스는 우러러 하늘을 바라볼 때조차 정작 인간의 길을 볼 뿐이다. '듣는다고 하는 자는 듣지 못할 것이요 본다고 하는 자는 보지 못할 것이라.'

허공 중에 흩어진 예언 소년 시종들의 손을 잡고 퇴장하는 티레시아스의 등 뒤로 그가
남긴 불길한 예언의 충격 속에 허공을 응시하고 있는 합창대장은
오이디푸스에게 다가올 참혹한 운명의 전조를 감지하고 있는 것
일까? (1963년 프라하 공연)

© Photo Courtesy of Prague National Theatre

교향악 〈오이디푸스 왕〉 "복수의 여신들은 추격의 발길을 달구고 있도다"

살인자의 추격을 독려하는 합창대의 노래와 함께 계단 무대 아래 숨겨진 '지하' 조명이 수천 개의 화살이 되어 솟구쳐 오르고 숨어 있던 교향악단의 위용이 거대한 실루엣으로 객석을 덮치면서 극장, 곧 우주를 뒤흔드는 웅장한 음악이 폭발하듯 뿜어져 나온다. 이 순간, 천상과 지하의 신들이 모두 일어나 라이우스의 살인범을 추격하는 초자연적 사냥과 폭력의 분출이 일어난다. (1963년 프라하 공연 : 요제프 스보보다 [Josef Svoboda] 무대디자인)

폭군 오이디푸스 "그럼에도 불구하고 난 통치해야 한다"

도시국가의 전통적인 시민권을 왕의 통치권에 복속시키는 오이디푸스는 전제군주의 출현을 알리는가. 아테네 민주주의의 퇴행을 말하는 것인가. 현대 공연에 있어서 〈오이디푸스 왕〉의 정치적 해석은 대중을 현혹하는 선동가나 독재자로서의 오이디푸스를 종종 제시해왔다. 1920년 베를린 공연에서 그것은 히틀러의 등장을 예고하는 것이기도 했다. (1910 뮌헨, 1912 런던, 1920 베를린 공연 : 막스 라인하르트 [Max Reinhardt] 연출)

© Photo Courtesy of Victoria & Albert Museum

야만의 신   "난 그들을 모두 죽여 버리고 말았소!"

살인을 불러일으킨 핏빛 감정이 일깨워지는 순간 오이디푸스는 십 수년 전의 살해현장에 서 있는 자신을 발견한다. 그때, '살인의 추억'은 세월의 두께를 뚫고 현재의 오이디푸스의 몸을 사로잡는 살아있는 폭력의 에너지가 되고, "그들을 모두 죽여 버렸소"라는 외침은 죄의식에 사로잡힌 범인의 비탄에 찬 자백이 아니라 폭력의 현장에서 날뛰는 살인자의 격노에 찬 절규가 된다. 그것은 곧 오이디푸스 내면의 "야만의 신"이 일깨워지는 순간이다.

어머니, 그 영원한 고향 "많은 남자들이 그런 두려움을 가졌으되 그것은 다만 꿈속에서
이루어질 뿐이라오"

어머니, 그 영원한 고향으로 돌아갈 수는 정녕 없는 것인가.
인간사회 최대의 금기를 어기고 '고향'을 찾은 오이디푸스에
게 주어진 형벌은 근원적 욕망과 시원(始原)적 동경을 이루는
길은 오직 죽음에 이르는 길일 뿐인 인간존재의 영원한 실향
을 엄중하게 선고하는 것인가. (1973년 미네아폴리스 공연 :
마이클 랭험 [Michael Langham] 연출)

© Photo Courtesy of Guthrie Theater

사랑하는 이여 "예언이나 계시 따윌 믿지 마시오. 두려워 마시오"

아내와 남편, 아니 어머니와 아들은 다가오는 운명의 발자국 소리
를 듣지 못한다. 오이디푸스에 대한 요카스타의 사랑은 그가 받
은 신탁의 내용이 알려짐으로써 더욱 강한 연민의 감정으로 더해
진다. 이 훌륭한 남편은 자신의 젖가슴으로부터 고통스럽게 찢겨
나간 어린 아들과 '똑같이' 아비를 죽일 운명을 타고난 것이다. 그
참혹한 운명의 굴레 안에서 오이디푸스와 그녀의 죽은 —그렇게
믿는—아들은 하나가 된다. 하지만 그 둘이 정녕 같은 존재임을
그녀가 어떻게 알 수 있으랴! (1963년 프라하 공연)

© Photo Courtesy of Prague National Theatre

과도기적 비극 "신탁은 경멸의 대상이 되고 신들에 대한 숭앙은 사라지고 있나이다"

오이디푸스와 '원로' 시민으로 이루어진 합창대는 예외적 개인과 지배집단, 인본주의의 혁신적 사고와 신본주의의 전통적 윤리, 그리고 진보와 보수의 갈등을 구현하기도 한다. 알베르 까뮈의 말대로 "비극은 문명의 진동추가 종교적 사회에서 세속적 사회로 움직일 때 탄생한다." (1945년 런던 공연)

'나그네' 오이디푸스 "당신 이름이 거기에서 왔소. 발목이 부풀어 오른 자, 오이디푸스"

운명의 무거운 짐을 지고 멀고 험한 인생길을 부르튼 발로 걸어가는 '여행자' 오이디푸스는 우리 모든 인간의 대변인이지 않은가? 아폴로 의 또 다른 전령 코린트의 목자가 밝히는 출생의 비밀은 '진실'에 이 르는 첫걸음이 된다. (1963년 프라하 공연)

© Photo Courtesy of Prague National Theatre

해방과 속박 사이에서 **"숲의 요정이 낳은 신의 아들이여, 찬양 받을지어다"**

오이디푸스의 출생의 신비를 환희의 찬가로 노래하는 합창대는 인간존재의 신비(mystery)에 깃든 비극성을 알지 못한다. 하지만 그리스 문명의 대명사인 대리석 원주(圓柱) 건축양식과 진흙 벽면에 조야하게 새겨진—그 벽의 속박으로부터 벗어나고자 몸부림치는 듯 보이는— 인간군상의 부조(浮彫)를 대조적으로 교차 공존시킨 이 공연의 무대디자인은 그 비극성의 한 정체를 억압과 해방, 구속과 자유 사이에 끊임없이 진동하는 인간정신의 모순으로 포착하고 있다. (1979년 필라델피아 공연 : 블랑카 지즈카 [Blanka Zizka] 연출)

* Photo : T. Charles Erickson (Wilma Theater)

비극적 인식 출생의 비밀과 범죄의 전모가 '백일' 하에 드러나는 순간은 곧 태양
신 아폴로가 당도하는 순간이다. 너무 많은 빛은 눈을 멀게 한다
고 했던가. 아폴로의 햇살은 치명적인 '진실'이 되어 오이디푸스
의 눈을 찌른다. 그 진실은 서구 철학과 예술의 영원한 질문, "인
간이란 무엇인가?" 에 대한 충격적인 해답이다. (1973년 미국 미네
아폴리스 공연)

공포와 연민의 카타르시스 '맹목적인' 운명 앞에 스스로 두 눈을 찢은 오이디푸스의
절규는 그의 운명에 대한 관객의 이중적 감정, 곧 공포와
연민을 극대화하는 동시에 정화(淨化)한다. 1881년 파리의
관객들은 당대 최고의 배우 장 무네-슐리(Jean Mounet-
Sully)의 참혹한 '실명'에 전율했다. 그 관객 가운데는 십
수년 후 '오이디푸스 콤플렉스'를 설파할 젊은 프로이트
도 있었다.

© Photo Courtesy of Collections de la Comédie-Française
(photo de A. Bert)

운명의 대물림 "얘들아 어디 있느냐. 내게로 와서 내가 너희를 형제의 팔로 안게 해주렴"

형제의 아비 된 자, 자식의 형제 된 자 오이디푸스의 참혹한 운명의 굴레는 자식들에게도 이어져 큰딸 안티고네의 비극을 낳게 된다. (1881년 파리 공연)

비극적 인간 오이디푸스 장님이 되어 유랑의 길을 떠나는 오이디푸스 앞을 그의 두 딸이 가로막는다. 자신의 죄로 인해 세상의 멸시를 받게 된 어린 자식들에 대한 연민으로 오이디푸스는 하염없는 눈물을 흘린다. 비극은 인간을 파멸에 이르게 함으로써, 역설적이게도, 인간을 회복시킨다. (1955년 스트랫포드 공연)

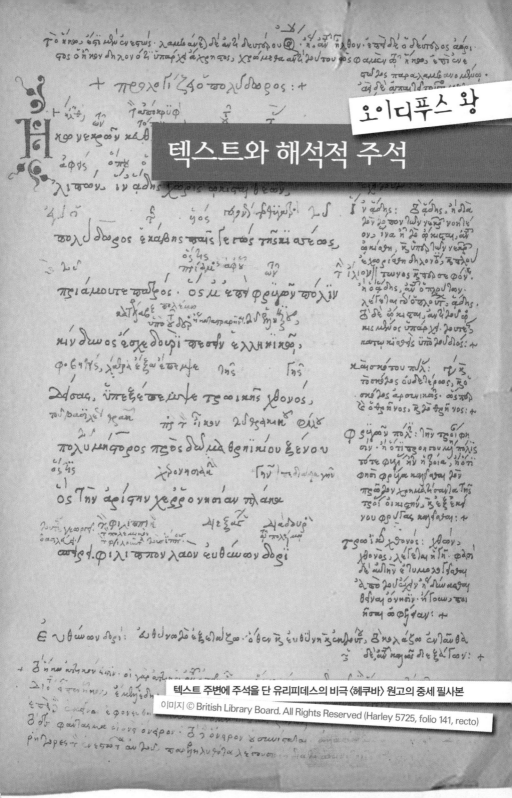

오이디푸스 왕
Oedipus Tyranos

- 작품 원제의 고대 그리스어 '티라노스'(*tyranos*)는 고대 부족장, 중세 봉건영주, 또는 근대 전제군주로서의 왕과는 달리, 부족연합체 도시국가였던 아테네 특유의 정치제도였던 선출직 참주(僭主)를 뜻한다.

- 동로마제국의 멸망과 함께 콘스탄티노플에 소장되어 있던 수많은 그리스극의 고대 필사본들이 소실되었고 일부 서방으로 옮겨진 필사본들은 대개 원고의 일정 부분이 파손된 형태였다. 이 고대 필사본들을 복원시키고 원문의 고대 그리스어를 중세 그리스어로 번역하는 일은 고전어에 능통한 수도사들의 몫이었다. 그들은 중세어판을 별도로 편집하는 대신 고대어 원문 주변 여백에 번역문을 주석의 형태로 삽입한 필사본을 작성했다. 해석적 주석이 작품 본문을 둘러싸고 있는 이 책의 형식은 이들 중세 수도사들로부터 온 것이다.

- 번역대본으로는 H. D. F. Kitto(영국의 고전학자)의 영역본 *Antigone*; *Oedipus the King*; *Electra*(Oxford Univ. Press, 1994)를 주로 사용하되, R. C. Jebb(영국의 고전학자)의 영역본(*7 Famous Greek Plays* [eds. W. J. Oates and Eugene O'Neil1 Jr.] 1950)과 Dudley Fitts & Robert Fitzgerald(미국의 시인·번역가)의 영역본(*The Oedipus Cycle* 1948)을 함께 참조했다.

- 고대 그리스 연극에 관한 배경 지식에 익숙하지 않은 독자라면 이 책 말미의 〈부록 : 전경과 배경〉을 먼저 읽기를 권유한다.

등장인물

오이디푸스 | 테베의 왕
사제 | 제우스 신을 섬기는
크레온 | 테베의 재상, 왕비 요카스타의 오빠
티레시아스 | 아폴로 신을 섬기는 예언자
요카스타 | 테베의 왕비
코린트의 목자
테베의 목자
전령 | 궁정에서 온
합창단 | 테베의 원로 시민으로 이루어진
안티고네, 이스메네 | 오이디푸스의 두 딸
그 외 | 사제, 시민, 시종들

서막

PROLOGUE

델파이의 여사제로부터 예언을 받는 탄원자

델파이의 황금빛 성소에서 울려나오는
신의 음성을 기록하여라.
테베로 보내온 그의 신탁은 무엇인가?
내 떨리는 가슴은 고뇌로 찢어지도다.

치유의 광선을 쏘는 아폴로여
우리를 위해 당신께서 무엇을 예정하셨는지
지난날의 일이 어떤 모습으로 되돌아오려는지 알게 하소서.
오 신성한 음성이여, 그대 황금빛 희망의 아들이여.

- 합창대의 노래 중 -

장면

테베의 왕궁 앞 광장.
광장 중심에 놓인 작은 제단이 배경 중앙에 자리 잡은 왕궁의 입구를
바라보고 있다. 광장과 왕궁은 몇 층의 계단으로 이어져 있다.
향불을 피워들고 양모 천을 묶어 늘어뜨린 나뭇가지를 손에 든
시민들이 계단 아래 무릎을 꿇거나 엎드려 있다.

(오이디푸스 등장)

오이디푸스   옛 카드모스[*1]의 후손, 나의 백성들이여,
탄원자의 표식인 올리브 나뭇가지를 꺾어들고
무엇을 찾아 다들 이렇게 모여 왔는가?[*2]
어찌하여 향불을 피워들고 이 대기를 짙은 연기와
찬송과 기도와 탄식으로 가득 채우고 있는가?
내 자녀들이여, 이는 결코 다른 이에게 맡길 수
없는 일이라 생각하여 나 오이디푸스,[*3]
세상에 명성이 드높은 내가 친히 왔노라.
거기 그대, 세월의 무게가 그대를 대변자로 세우니
이들의 가슴에 담긴 것을 말해보라.
무슨 두려움, 무슨 슬픔이 있어서인가?
나를 믿고 내 능력에 기대어라.
이토록 간절한 탄원에 연민의 귀를 닫을 만큼
나는 강퍅한 마음을 지니지는 않았다.

사제   테베의 위대한 왕, 존엄하신 오이디푸스여,
제단 앞에 엎드린 우리를 돌아보소서.[*4]

*1 도시 국가 테베의 시조로 알려진 신화적 인물. 카드모스(Cadmus)는 실종된 – 실제로
는 제우스 신에게 납치된 – 누이 유로파(Europa)를 되찾기 위해 떠난 여행길에서 아폴
로의 신탁을 받아, 신성한 샘을 지키는 용을 죽이고 용의 이빨을 땅에 뿌려 얻은 다
섯 용사들과 함께 도시를 건설한다. 카드모스의 여정은 자신의 정체성 – 잃어버린 누
이에 비유될 수 있는 – 을 찾아 떠난 유랑길에서 아폴로의 신탁을 받고 테베를 위협하
는 스핑크스 – 용에 비유될 수 있는 – 를 물리치고 왕위에 오르는 오이디푸스의 여정
에 겹쳐진다. 물론 소포클레스의 주인공 오이디푸스는 이러한 신화적 원형을 넘어서
는 개인성과 역사성을 구현하고 있다.

*2 양모와 올리브 나무는 고대 그리스인들의 생활에 가장 흔히 사용되는 물품 및 재료
로서 여러 가닥의 양모 천을 묶어 늘어뜨린 올리브 나뭇가지는 도시국가 아테네의
관습상 일반적인 민원의 표식으로서 세속적 권위자를 찾을 때 쓴다. 이와는 달리 향
불은 종교적 제의에 국한되어 신전과 제단을 찾을 때만 쓰이는 것이다.

*3 몇 번에 걸쳐 오이디푸스는 자신을 일컬을 때 "나 오이디푸스"("I, Oedipus" 또는 "I
myself")라는 표현을 사용하는데, 이 자기참조적 호칭은 이어지는 사제의 "제우스 신
의 사제인 나"(I, priest of Zeus)라는 자기소개 방식이나 "카드모스의 후손"으로 불리
는 테베인 전체, 또 극중의 다른 인물들이 '누구의 아들' 내지는 '어느 가문에 속한' 누
구라고 소개되는 방식과 대조된다. 자신의 혈통을 알지 못하는 – 적어도 확신하지 못
하는 – 오이디푸스의 입장에서는 고아(孤兒) 의식에서 비롯된 당연한 또는 불가피한
칭호일 수도 있으나, 섬기는 주인이나 소속된 집단에 의해 자신의 정체성을 규정하
는 전통적 사회의 규범을 벗어나 독립된 개인으로서의 자기 정체성을 규정하는 이
칭호를 통해 오이디푸스가 새로운 시대정신을 구현하고 있는 것으로 해석될 수도 있
을 것이다. 집단과 개인 간의 윤리적 갈등은 이 극의 주요 주제 가운데 하나가 된다.
　다른 한편, 종교철학적 관점에서 자신 이외의 다른 유래(由來)를 부인하는 '나 오이
디푸스'라는 칭호는 유대교의 유일신 여호와(Jehovah)라는 이름이 뜻하는 '나는 나
다'(I am who I am)에 비견될 수 있는 것으로서 '스스로 존재하는 자'를 의미하는 것으
로 볼 수도 있을 것이다. 그런 맥락에서 이 칭호는 오이디푸스의 독립성은 물론 유아
독존적 오만을 암시하기도 한다.

*4 궁전 앞의 작은 제단을 가리킨다. 나중에 왕비 요카스타가 아폴로 신에게 탄원하기
위해 향불을 피워 올리는 제단이기도 하다. 오늘날 유적으로 남아있는 아테네 시의
디오니소스 극장에는 원래 오케스트라의 중심부에 작은 제단이 있었다고 전해지는
데, 이 제단은 상연되는 극의 무대 장치로 쓰이기도 했지만 원래는 '디오니소스의 도
시' 축제 중 연극 경연대회의 시작과 끝을 알리는 디오니소스 신을 위한 제례용이었던
것으로 추정된다.

아직 날갯짓 하지 못하는 어린 것들도
나이의 무게로 등이 굽은 노인들도
제우스 신의 사제인 저와 제 동료들도
우리의 가장 빼어난 청년들도 모두 왔습니다.
또한 저잣거리에서나 아테네 여신의 신전에서도
불의 신탁이 내리는 성지^{*5}에서도 모든 테베인들이
탄원의 나뭇가지를 들고 엎드려 있습니다.
왕께서 아시다시피 테베는 지금 재난의 폭풍에 휩쓸려
죽음의 노한 파도 위로 고개를 들지 못하고 있습니다.
풍성했던 대지 위의 모든 열매는 시들어버리고
초원의 가축들은 새끼를 배지 못하고
우리의 아내들까지도 아이를 낳지 못합니다.
모든 생명을 시들게 하는 열병의 신이 창궐하여^{*6}
카드모스의 신성한 도시를 피폐케 하고 대신 어두운 저승만을^{*7}
우리의 신음과 탄식으로 풍요롭게 합니다.
우리의 기도를 모아 왕의 궁전으로 가져온 것은
우리가 당신을 신으로 추앙해서는 아닙니다.^{*8}
그러나 모든 인간들 위에 뛰어나
인생의 수수께끼와 하늘의 숨은 길까지도 읽어내는
당신의 지혜에 우리는 의지합니다.
우리나 다른 누구의 도움도 없이 홀로
그러나 필시 신과의 동맹을 통해
잔인한 스핑크스에게 바치던 피의 제물로부터
우리를 자유롭게 하고 우리의 생명을 되찾아준
이가 바로 당신이기 때문입니다.^{*9}
그러므로 존경하는 왕, 권능의 오이디푸스여,
우리 모두 무릎을 꿇고 탄원하오니

*5 테베시를 감싸고 흐르는 이스메노스(Ismenos) 강 옆의 아폴로 신전을 말한다. 이 신전의 제사장들이 제물을 태워 남은 재로 신탁을 읽었다고 전해지는 데서 유래한 이름이다.

*6 이 "열병"이 정확히 무엇인가는 알 수 없다. 하지만 소포클레스의 묘사는 감염된 가축과 그 균에 오염된 음식물을 통해 사람에게 전염되며 가축과 인간 모두에게 극심한 발열을 야기하는 장티푸스(Typhoid Fever)의 일종에 가까운 것으로 보인다. 여기에 오늘날에도 그리스 지역이 종종 겪는 살인적인 더위와 가뭄이 겹쳐 대재앙을 초래한 것으로 보인다. 물론 더욱 중요한 것은 주제적 연관으로서, 모든 생명체의 불모성ㅡ새 생명의 출산이 불가능하게 된 것ㅡ은 자신의 어머니에게서 자식을 낳은 오이디푸스의 패륜이 표상하는 자연적 질서의 파괴에서 비롯되었다는 점이다. 그 불모성을 공유하는ㅡ또 감염 관계가 암시되는ㅡ짐승과 인간 사이의 연관성은 이 극의 더욱 깊은 주제적 의미를 형성하게 된다.

*7 또는 저승의 신 하데스(Hades)를 가리키는 말이기도 하다.

*8 사제가 굳이 이 말을 하는 것은 자신을 위한 변명이기 보다는 그런 오인의 가능성이 오이디푸스에게 있음을 시사하는 것은 아닐까? 탄원의 올리브 가지는 왕에게 가져왔으나 향불은 왕의 궁전이 아니라 그 앞의 작은 제단에 바쳐진 것임을 이 '신에 버금가는' 왕에게 상기시키고 경계하기 위함이 아닐까?

*9 전설에 의하면 사자의 몸, 독수리 날개, 그리고 여자의 얼굴을 한 신성한 괴물 스핑크스(Sphinx)는 테베로 들고나는 고갯길을 가로막고 행인들에게 '아침에는 네 다리, 낮에는 두 다리, 저녁에는 세 다리로 걷는 동물이 무엇인가'라는 수수께끼를 던져 이를 풀지 못하면 잡아먹었다. 오이디푸스에 의해 정답이 주어지자 스핑크스는 살육을 멈추고 테베를 떠난다(테베의 시조 카드모스가 용을 물리치는 것과 마찬가지로 영웅에 의한 신성한 괴물의 퇴치는 구질서의 몰락과 새로운 질서의 도래를 뜻한다).

　　그런데 '인간'이라는 그리 어렵지 않은 답을 어째서 오이디푸스 이전의 숱한 사람들은 알지 못했을까? 한 가지 해답은 집단적 정체성에 의존했던 구시대의 사람들에게는 '개인으로서의 인간'에 대한 개념 자체가 존재하지 않았다는 것이다. 그렇다면 전설 속의 인물을 발굴하여 동시대적 환경과 정신을 주입한 소포클레스에게 오이디푸스의 "지혜"는 전통적인 윤리적 관념을 극복하는 발상의 대전환, 곧 새로운 시대를 여는 인식의 혁명에 다름 아니다. 〈오이디푸스 왕〉의 주인공 오이디푸스는 적어도 기원전 5세기의 아테네 시민들에게는 그들이 처해 있던 윤리적 과도기의 일면을 예리하게 드러내는, 곧 집단적 유대와 속박을 깨고 개인의 독립과 자유에 대한 인식을 새롭게 배태한 인본주의의 도래를 표상하는 인물로 제시되고 있는 것으로 보인다.

신의 도움이나 인간의 지혜를 빌어 우리를 구원하소서.
행동을 통해 입증된 인간의 조언*10도 때로는
최선의 결과를 가져옴을 우리는 보았습니다.
고매한 오이디푸스여! 어서 이 도시를 구원하소서.
당신의 지난날의 공적으로 이 도시가
당신을 구원자라 칭했던 것을 잊지 마시고
차후에 당신의 치세에 대한 기록이
"우리가 멸망에서 건지웠으나 다시 도탄에 빠지고
말았다"는 말로 끝나도록 버려두지 마십시오.
구원의 손길을 다시 한 번 내밀어
이 도시가 의연히 일어설 수 있게 하십시오.
예전에 당신이 가져왔던 구원과 환희를
다시 한 번 가져와 주십시오.
당신이 다스리는 이 땅이 사막이 아니라
산 인간들의 땅이 되게 하십시오.
높은 성채도 웅장한 선박도 함께할 사람이
없으면 아무 것도 아닌 까닭입니다.*11

오이디푸스   나의 자녀들이여, 그대들이 염원하는 바를
내 진정 알고 있으며 그대들을 긍휼히 여기노라.
하지만 병든 그대들의 고통은 내가 알고 있으나
아무도 나의 더 큰 고통을 알지는 못하리라.
그대들은 각자의 고통만을 질 뿐
그러나 내 마음은 내 자신과 그대들의
그리고 도시 전체의 고통으로 짓눌림이라.*12
그대들이 찾아온 나는 졸고 있어 깨워야 할
사람이 아니니 지금껏 하염없이 눈물을 흘리고
밤낮으로 생각의 갈피갈피를 헤매며

*10 일견 오이디푸스를 가리킨다고 볼 수도 있으나, 타인의 도움에 기대지 않는 왕의 자긍심 높은 성품을 간파하고 있는 사제가 – 나중에 예언자 티레시아스(Teiresias)를 부르도록 다시 권유하는 장면에서 나타나듯이 – 원로시민이나 연륜과 경험이 많은 사람들의 조언을 받아들이라는 권고와 경계의 뜻으로 하는 말일 수도 있다.

*11 "높은 성채"는 카드모스가 세운 고대 테베의 성벽을, "웅장한 선박"은 선박 건조 기술은 물론 천문학과 측량술 등 뛰어난 과학적 항해술로 지중해를 제패한 아테네를 비유한다. 실제로 아테네를 선박에 비유하는 것은 소포클레스 당대의 정치가이자 오랜 기간 참주였던 페리클레스(Pericles)의 웅변 원고들에서도 자주 발견된다.

　이 극의 대사가 종종 전설의 테베와 현실의 아테네를 중복적・교차적으로 투영하고 있다는 사실을 염두에 둘 때, "함께 할 사람이 없는 선박"이라는 소포클레스의 표현은 참주의 권한이 과도하게 강화된 당대 아테네 정치 현실의 일면에 대한 비판으로 읽힐 수도 있으며, 사제의 대사 전체가 – 작가 또는 작가가 대변하는 특정한 시민집단의 – 정치적 탄원으로 해석될 여지도 있다.

　앞 행의 "사막" 또한 '생명체가 생존하기 어려운 땅'이라는 일반적인 의미와 더불어, 기원전 5세기 초 아테네를 맹주로 하는 델로스(Delos) 동맹과 전쟁을 치른 '야만족' 페르시아를 가리키는 말이 된다. (실제로 소포클레스는 이 전쟁에 장군의 신분으로 참전했던 것으로 알려져 있다.) 그 야만의 땅을 "산 인간들의 땅," 곧 그리스인들의 문명 세계와 비교 대조함으로써 역설적으로 문명의 위기에 대한 경고의 의미까지도 담고 있는 것이다.

*12 이 구절에는 비극적 영웅의 규모 내지는 자질이 잘 드러나 있다. 일반적으로 고전 드라마의 주인공은 군주・왕족・장군 등 국가공동체를 대표하는 위상의 인물들로서 그 개인의 운명이 공동체의 운명과 밀접한 연관을 맺는 경우가 많다. 나아가 오이디푸스가 이러한 고전적 주인공의 가장 뛰어난 전범인 것은 단지 왕이라는 직위 때문이 아니라 공동체에 대한 무한책임의 도덕적 요구를 기꺼이 받아들이고 공동체 전체의 고통을 의연하게 자신의 짐으로 지는 도덕적 자질 때문이다.

　아울러 '세상의 고통을 대신 진 자'로서의 오이디푸스는 디오니소스 신화는 물론 유대교를 비롯한 기원전 지중해권 문명 일반에 나타나는 희생양(scapegoat)의 이미지를 또한 구현하고 있다.

그 생각이 찾은 치유책에 실낱같은 희망만 있어도
온 힘을 다해 실행하였음이라.*13
그리하여 미노세우스의 아들, 곧 내 아내의 형제인
크레온*14을 델파이의 아폴로 신전으로 파송하여
내가 무슨 말을 하고 또 무슨 일을 해야
그대들의 구원을 이룰 수 있는지 알아오도록 하였노라.*15
다만 때가 지나도록 귀환이 늦어지고 있어 걱정이라.
그러나 크레온이 도착한 후에 내가
아폴로 신이 계시해 준 일 어느 하나라도 행치 않는다면
나를 비열한 자라 불러도 좋다.

사 제　　당신으로 인해 희망이 솟습니다 ——
　　　　아, 때마침 크레온이 돌아왔다는 신호가 오릅니다.

오이디푸스　오, 아폴로 신이여!
　　　　크레온에게 당신의 미소를 보이셨다면
　　　　이제 우리에게로 얼굴을 돌려 구원의 미소를 지으소서.

사 제　　좋은 소식인가 봅니다.
　　　　그렇지 않다면 저렇게 풍성한 열매가 달린
　　　　월계수 가지로 엮은 관을 쓰고 오지는 않을 테니까요.*16

오이디푸스　곧 알게 되리라 ——
　　　　하지만 이렇게 멀리서라도 외쳐 불러보리라.
　　　　나의 중신, 나의 친족 크레온이여!
　　　　델파이의 신으로부터 어떤 전갈을 가져오는가?

(크레온 등장)

크레온　　좋은 소식입니다!
　　　　지금 겪는 이 고난은 올바른 길로 인도만 된다면
　　　　행복한 결말에 이를 것입니다.

*13 비극적 주인공으로서의 오이디푸스의 성격이 잘 드러나는 구절이다. 아리스토텔레스는 비극적 주인공의 자질을 "보통 이상의 인간"이라고 했지만, 지극한 연민("하염없는 눈물")과 치밀한 사유("밤낮을 잊고 갈피갈피를 더듬는 생각")와 결단에 찬 행동("온 힘을 다한 실행")의 자질을 완벽하게 구현하고 있는 오이디푸스는 극중의 표현대로 "만인 위의 인간"으로 제시된다. 이 모든 미덕에도 불구하고 드높은 자긍심이라는 또 다른 하나의 성격적 요인이 이 탁월한 인물의 파멸을 초래한다는 데 비극성이 있는 것이다.

*14 크레온(Creon)의 가계는 카드모스와 함께 테베를 건설한 다섯 용사의 가문에 속한다. 크레온과 요카스타(Jocasta)의 아버지 미노세우스(Menoeceus)는 전쟁 중에 테베를 구하기 위해서는 용사 가문의 제물이 필요하다는 예언자 티레시아스의 말을 받아들여 스스로 목숨을 끊음으로써 도시를 구했다. 카드모스가 죽인 용의 이빨에서 나온 용사 가문은 새로운 사회질서에 편입된 구시대의 세력을 상징하는데, 그들의 후예인 크레온 또한 이 극의 내용상 오이디푸스를 견제하는 보수적 세력에 속하는 것으로 보인다. 〈오이디푸스 왕〉의 후속작인 〈안티고네〉에서는 오이디푸스의 딸인 안티고네(Antigone)가 전통적 윤리를, 크레온이 새로운 국가 윤리를 대변함으로써 맞서다가 두 사람 모두 파멸에 이르게 되는 것은 이러한 맥락에서는 아이러니한 일이다.

*15 왜 하필이면 델파이(Delphi)의 아폴로 신전인가에 대해 의문이 있을 수 있다. 인간의 지혜로 구할 수 없는 것을 아폴로에게서 찾는 것은 그가 인간의 운명을 관장하는 예지의 신이기 때문이며, 특히 테베가 처한 역병에 관해서는 의술의 신이기도 한 아폴로가 당연한 선택일 것이다. 뛰어난 예지력의 여자 예언자들이 아폴로의 신탁을 전하던 델파이의 신전은 그리스 전역에 걸쳐 가장 중요한 신전으로 간주되었으며, '대지의 배꼽'이라는 뜻의 옴팔로스(Omphalos) 돌이 신전 가운데 놓여 있어 '세계의 중심'이라 일컬어지기도 했다.

*16 델파이에서는 매 4년마다 음악·시 경연과 — 현대 올림픽 경기의 원조가 되는 올림피아를 포함하여 — 그리스 반도 여러 곳에서 열리던 운동경기를 결합한 축제가 열렸고 우승자에게는 월계관이 수여되었다. 크레온이 승리자의 월계관을 쓰고 오는 것은 무엇보다 그가 받은 아폴로의 신탁이 길한 것임을 나타내는 신호로 읽힌다. 더욱 중요한 것은 바로 크레온이 가져온 아폴로의 신탁으로 인해 오이디푸스의 파멸이 초래되고 그 결과 크레온이 왕위를 얻는 — 이를테면 최후의 '승리자'가 된다는 — 하나의 극적 전조(foreshadowing)로서 그것이 기능한다는 점이다.

오이디푸스	그 말은 내 마음에 확신과 두려움을 동시에 불러일으키오.[17]
	대체 아폴로의 신탁은 무엇이오?
크레온	지금 이 군중들 앞에서 듣고자 하십니까?
	아니면 궁전으로 들어가오리까? 분부에 따르겠나이다.[18]
오이디푸스	모두 들을 수 있도록 말하시오! 내 목숨이 달린 일보다
	저들의 고통이야말로 더욱 나를 아프게 하는 것이니.
크레온	그렇다면 아폴로의 말씀을 전하겠습니다.
	신탁은 명쾌한 것이었습니다. 바로 여기 우리 가운데
	오래된 오염의 근원이 있으니 그것을 축출치 않으면
	지금 겪는 고난은 치유될 수 없다는 신탁이었습니다.[19]
오이디푸스	무엇이 우리를 더럽혔단 말이요?
	그리고 어떻게 그것을 씻어내야 한다는 거요?
크레온	살인자를 찾아내어 추방하거나 처형하라는 것입니다.[20]
	이 역병을 불러들인 자가 바로 그 살인자이기 때문입니다.
오이디푸스	아폴로 신이 인정치 않는 죽음을 당한 그 사람은 누구요?
크레온	왕이시여, 당신께서 이 도시의 통치자가 되기 전에
	우리에게는 라이우스라는 왕이 있었습니다.[21]
오이디푸스	이미 알고 있는 바요 ——
	비록 그를 본 적은 결코 없지마는.[22]
크레온	그의 죽음을 몰고 온 살해자들을 찾아
	복수하라는 것이 아폴로의 분명한 뜻입니다.
오이디푸스	그 살해자들이 지금 어디에 있단 말인가?

[17] 이 극에서 바깥으로부터 오는 소식과 그로 인한 어떤 사실의 발견은 항상 이중적이고 종종 상반된 의미를 내포하는 중의성을 띤다. 대부분의 경우 그것은 기쁨, 안도, 확신, 기대, 희망을 전조하지만 결과는 언제나 슬픔, 불안, 의혹, 좌절, 절망으로 바뀌는 비극적 전환을 이룬다. 소식을 전하는 자와 받는 자, 말하는 자와 듣는 자 사이

에 발생하는 의도와 결과의 예기치 않은 전도, 또는 행위자의 의도와 행동의 결과 사
이에 빚어지는 역설적 관계를 극적 아이러니(dramatic irony)라고 부른다.

*18 크레온은 궁전 앞에 모인 군중들의 존재에 다소 놀랐음에 틀림없다. 자신이 가져온
기쁜 소식에도 불구하고-그것이 오늘날의 관점에서는 국가안보에 관한 중대한 비밀
이므로-신탁을 전하는 방식과 여건을 적절히 조정하고자 하는 모습에는 크레온의
매우 완곡하고 신중한 성격과 정치가로서의 경륜이 드러나며, 일말의 주저도 없이 대
중 앞에서 신탁을 '공포'라고 말하는 오이디푸스의 직선적이고 성급한-달리 말하
자면 통치자로서의 신중성을 결여한-성격에 선명한 대조를 이룬다.

*19 자연적 질병을 도덕적·윤리적 죄악과 결부하여 생각하는 것은 비단 고대 그리스인
들뿐만은 아닐 것이다. 죄악의 정화가 자연의 질서를 회복하는 길이라는 믿음 또한
과학적 근거 여부와 무관하게 오늘날까지 지속되고 있다. 어쩌면 인간의 탐욕에 의한
자연 파괴가 심각한 지경에 이른 오늘날, 이러한 믿음은 생태학적 사고를 통해 오히
려 더 큰 타당성을 획득하고 있는지도 모른다.

*20 그리스 도시국가들에 있어서 추방은 사형에 버금가는, 또는 사형보다 더 무거운 형벌
이었다. 고대 그리스인들은 도시국가를 단순히 정치적 공동체의 단위가 아니라 인간
을 인간으로 성립시키는 문명 세계의 울타리라고 생각했다. 따라서 누군가를 도시국
가 밖-곧 야만의 세계이자 짐승의 영역-으로 추방한다는 것은 그를 더 이상 인간
이 아닌 야만인 또는 짐승으로 취급한다는 선언과도 같은 것이었다. 역설적이긴 하
지만, 사형당하는 자는 적어도 인간 대접을 받는다는 것이다.

*21 신화에 따르면, 부왕 랍다쿠스(Labdacus)가 정적에게 살해된 후 어린 라이우스(Laius)
는 타국의 궁정에서 성장한다. 청년이 되어 그 나라 왕자와 동성애 관계를 맺고 도피,
그리스 전역을 전전하다가 용사 가문들을 중심으로 한 테베시민이 그를 왕위에 복위
시킴으로써 고국으로 돌아오게 된다. 용사 가문의 딸 요카스타와 혼인하였으나 자
신을 죽일 아들을 얻게 되리라는 신탁을 받고 낳은 아들, 곧 갓 난 오이디푸스를 산
중에 내다버리도록 한다. 선조 카드모스나 아들 오이디푸스와 마찬가지로 방랑의 여
정을 겪지만 두 사람이 신성한 괴물을 퇴치함으로써 구질서를 허물고 신질서를-성
공적이든, 시도에 그치고 마는 것이든-도입하는 것과는 달리, 라이우스의 여정은
동성애로 표상되는 사회적으로 금기된 욕망의 추구와 그 제재로부터의 도피였다.

*22 이 대사의 극적 아이러니는 오이디푸스 자신은 깨닫지 못하지만 이미 그가 라이우스
를 보았고 살해까지 했다는 것이다. 물론 더 큰 아이러니는 그가 오이디푸스 자신의
아버지라는-이 시점의 오이디푸스로서는 꿈에도 생각 못할-사실이다.

그 오래된 범죄의 흔적을 어디서 찾는단 말인가?[23]

크레온 　바로 여기라는 신의 말씀입니다 —— 신중한 사냥꾼이라면
　　　　다른 이들이 놓치는 것도 종종 찾아내고 마는 법이지요.[24]

오이디푸스 　살해의 현장은 어디였소? 궁전 안에서?
　　　　도시의 변방에서? 아니면 외국에서?

크레온 　전왕께서는 신의 뜻을 구하러 떠난다고 말씀하셨지요.
　　　　그리고는 영영 돌아오지 못했습니다.[25]

오이디푸스 　아무런 보고도 없었소? 수행한 자들도 없었단 말이요?
　　　　목격자가 있었다면 수사에 도움이 되었을 것 아닌가?

크레온 　모두 죽었지요. 다만 한 사람이 공포에 질린 채 돌아왔지만
　　　　그의 말은 아무런 —— 거의 아무런 도움이 되질 못했습니다.

오이디푸스 　"거의"라니? 한 줄기 빛으로도 만물이 밝히 드러나듯
　　　　단 하나의 단서로도 사건의 전모를 밝힐 수 있으련만.[26]

크레온 　그의 말로는 한 떼의 도적을 만났다 합니다.
　　　　하나가 아니라 여럿이 라이우스를 살해했다는 것입니다.[27]

오이디푸스 　한갓 도적떼가 감히 —— 어쩌면 이곳 테베에서
　　　　음모가 꾸며지고 누군가 그들을 사주한 것은 아닐까.

크레온 　여러 가지 추측이 있었으나 다른 재난으로 인해
　　　　조사가 제대로 이루어지지 않았습니다.

오이디푸스 　다른 재난? 왕의 시해에 대한 조사조차 멈출 정도로
　　　　무슨 큰 재난이 있었단 말이요?

크레온 　스핑크스였지요. 그녀의 수수께끼가 우리를 짓눌렀고
　　　　라이우스 —— 그에 대한 생각은 멀어지고 말았습니다.

오이디푸스 　그렇다면 수사를 다시 시작하리라. 내 친히 진실을 밝히리라.[28]
　　　　전왕의 죽음에 대한 복수가 아폴로와 그대들의 손에 있으나
　　　　나 또한 아폴로와 그대들의 편에 함께 서리라.

***23** 여기서부터 라이우스 살해 사건의 본격적인 수사가 시작된다. 사실상 〈오이디푸스 왕〉은 증거와 증언의 채취로 이루어지는 범죄수사극 내지는 미스터리 스릴러(mystery thriller)의 효시라 할 수 있다. 크레온과의 이 장면을 포함하여 앞으로 전개되는 일련의 대화 장면들은 모두 수사관으로서의 오이디푸스가 일련의 증인들을 심문하여 '진실'에 이르는 증거를 수집해가는 과정이 된다. 이 심문 장면들의 구조적 특징은 대화를 구성하는 질문과 답변의 매우 규칙적인 리듬에 있다. 2행 또는 1행 단위로 수사관의 질문과 증인의 답변이 반복·축적되면서 긴장과 서스펜스(suspense)를 구축해 가는 것이다.

***24** '쫓는 사냥꾼과 쫓기는 사냥감'은 이 극에 반복되어 나타나는 이미지들 가운데 하나이다.

***25** 라이우스가 델파이로 가던 길이었음은 극중에 밝혀지지만 그 동기는 언급되지 않는다. 신화에 따르면 라이우스는 불길한 꿈 – 내다버린 아들이 돌아오는 꿈이라는 설과 동성애 관계를 맺었던 타국의 왕자의 원혼에 시달렸다는 설이 있다 – 을 꾼 후 신탁을 구하기 위해 델파이로 가던 중이었다.

***26** '빛' – 그리고 '어둠' – 은 이 극의 중심적 이미지로서 다층적 의미를 지니게 된다. 여기서는 "사건의 단서"와 결부되면서 일차적으로 물리적 현실을 바라보는 이성의 빛, 즉 논증과 추론을 통해 진리에 이르는 이성적 능력을 뜻하고 있다. 하지만 "만물을 드러내는 빛"이라는 표현에 이미 인간의 이성을 넘어서는 태양신 아폴로의 현존이 숨겨져 있음을 느낄 수도 있다.

***27** 이 잘못된 정보는 수집되는 증거와 증언들이 '진실'을 가리키게 됨에도 불구하고 오이디푸스나 여타 인물들이 '다른' 진실의 가능성을 찾게 되는 오인의 근거가 된다. 그것이 잘못된 정보임은 그 정보원이자 이 수사의 최후의 증인인 테베의 목자가 등장하는 순간 밝혀진다.

***28** "진실"(truth)이라는 단어가 처음 나오는 대목이다. 극의 시종일관 '진실'을 추구하는 오이디푸스의 의도와는 무관하게 이 진실은 테베를 역병으로부터 구하는 살해 사건의 진실에 그치지 않고 오이디푸스 자신의 출생의 진실, 나아가 오이디푸스로 대변되는 인간 존재에 관한 진리로 확장된다.

주인공의 추구가 극적으로 전개되는 양상을 '극적 행동'(dramatic action)이라고 하는데, 〈오이디푸스 왕〉의 극적 행동은 바로 이 – 다중적인 – '진실의 추구'로 규정될 수 있다. 이 본질적인 극적 행동이 수사라는 외적 형식으로 구체화되는 것이다.

내가 그렇게 해야 함은 이 오점을 드러내어 없애는 것이

다른 이가 아닌 바로 나 자신을 위함이니

전왕을 살해한 자들이라면 내 목숨까지도 노릴 것이라.

그러니 라이우스의 복수는 곧 나를 보호함이라 ──

자, 나의 백성들이여, 지체 없이 일어나라.

탄원의 나뭇가지는 이제 내려놓고 가서

시민들 모두를 이리로 부르라.

해야 할 일을 이제 내가 시작하리니

신의 도움으로 구원받든지 아니면

우리 모두 멸망의 나락으로 떨어지리라.

사 제　자, 다들 일어나 갑시다.

왕께서 우리의 탄원을 들으셨고 해야 할 바를 하시리니.

오, 태양의 신이여, 우리의 간구에 응답하셨으니

이제 우리를 보호하여 주소서! 이 역병을 물리쳐 주소서!

(모두 퇴장)

(테베 시민으로 이루어진 합창대 등장)[*29]

합창대 1　델파이의 황금빛 성소에서 울려나오는

(송가 1)　신의 음성은 거룩하여라.

테베로 보내온 그의 신탁은 무엇인가?

내 떨리는 가슴은 고뇌로 찢어지도다.

피버스 아폴로,[*30] 그대 치유의 신이시여

내 마음은 어찌나 두려운지요!

우리를 위해 당신께서 무엇을 예정하셨는지

지난날의 일이 어떤 모습으로 되돌아오려는지

나로 알게 하소서, 오 신성한 음성이여,

그대 황금빛 희망의 아들이여.

합창대 2   먼저 제우스의 따님, 성스러운 아테네 여신이여,

(답송 1)   외쳐 부르오니 도와주소서!

온 대지를 권좌로 삼고 그 성소를

우리의 도시에 둔 아르테미스 여신이여!

까마득히 먼 곳에서 활을 쏘는 아폴로 신이여!

*29 합창대는 앞의 탄원자로서의 시민 일반과는 구별되는 중견 및 원로시민으로 구성되어 있다. 현대의 여러 공연 사례는 전자는 역병의 고난에 시달리는 백성의 모습을 수수하거나 남루한 의상으로 재현하고 후자는 원로들에게 어울림직한 근엄하고 격식 있는 복장을 한 모습으로 제시한다. 대화 장면들의 인물들에 의한 대사들은 다소 느슨한 시적 운율에 맞춘 운문이지만, 합창대의 대사는 엄격한 운율과 장단을 따르고 실제로 악기 반주에 맞춘 노래로서 율동까지 곁들여진 것이었다. 한마디로 그리스 비극 공연은 뮤지컬 내지는 오페라와 같은 음악극 형식이었던 것이다.

공연의 규모에 따라 달라지지만 합창대는 대략 10-20명, 연주단은 10명 내외에서 수 십 명에 이르렀다. 작가와 작품에 따라 차이가 있지만 합창은 송가(strophe)와 답송(antistrophe)으로 노래를 주고받는 형식을 기본으로 하며, 실제 합창대를 두 패로 나누는 것은 공연에 따라 달랐으리라고 추정된다. 여기서는 주석의 편의를 위해 '합창대 1'과 '합창대 2'를 구분하고 아울러 '송가-답송'의 일련번호를 별도로 표기하기로 한다.

*30 "피버스"(Phoebus)는 특히 '태양의 신'으로서의 아폴로를 일컬을 때 붙이는 칭호이다. 이 이름을 부르는 것은 다만 신의 권위를 더하기 위해서거나 어둠과 미망에 빠진 테베에 구원의 빛이 도래하기를 염원하는 극의 내적 논리에 의해서만은 아니다. 아테네의 연극 공연은 야외극장에서 당연히 낮 시간 태양 아래, 곧 - 비유로서가 아니라 실제로 - '아폴로의 눈' 앞에서 이루어졌다. 합창대가 오케스트라 가운데 서서 하늘을 향해 두 손을 높이 들고 "피버스 아폴로"를 부르는 순간, 무대는 현실이 되고 현실은 무대가 되는 마법의 공간이 열리는 것이다. "비극은 하나의 놀이이다. 신이 구경하는 놀이이다"라고 한 20세기 문예비평가 게오르그 루카치(Georg Lucas)의 말은 고대 그리스인들에게는 추상적 비유가 아니라 구체적 현실이었던 것이다.

권능의 삼신이여, 우리를 지켜주소서!*31
먼 옛날 재난이 우리를 덮쳤을 때 그 경로를 막으시고
노한 홍수처럼 닥쳐오던 죽음의 신마저 돌려 세우셨으니
오, 이제도 또한 보호하여 주옵소서!*32

합창대 1	우리의 근심은 이루 헤아릴 수 없고
(송가 2)	이 도시를 뒤덮은 재앙 가운데
	멸망을 막을 어떤 방책도 보이지 않는구나.
	비옥했던 땅은 더 이상 소출을 내지 못하고
	우리의 여인들은 산고의 신음에도 불구하고
	사산만을 거듭하고 있구나.
	하나씩 둘씩 숨을 거두는 영혼들은
	타오르는 불길처럼 번져 끊임없이
	어두운 망자의 세계로 갈 길을 재촉하고 있구나.
합창대 2	묻히지도 못한 채 처참하게 버려져
(답송 2)	땅바닥에 널브러진 헤아릴 수 없는 시체들이
	부패의 독기로 도시의 대기를 오염시키고 있구나.
	젊은 아낙들과 하얗게 머리 센 노파들이
	도시의 구석구석으로부터 기어 나와
	탄원의 곡성을 발하며 제단을 향하는구나.*33
	치유를 구하는 기도 소리와 망자를 애도하는 곡성이
	어긋난 화음이 되어 울려 퍼지니
	오, 제우스의 황금빛 딸*34이여, 제발 도우소서!*35
합창대 1	맹렬한 전쟁의 신은 그의 창을 오래 전에 내려놓았건만

*31 제우스와 거인족 여신 레토(Leto of Titans) 사이에 태어난 쌍둥이인 아폴로와 아르테미스, 그리고 제우스의 머리를 가르고 태어난 아테네, 이 세 신은 각각 태양·달·여명을 표상하면서 우주적 시간을 운용하고 인간의 운명을 관장하게 된다. 아폴로의 "까마득히 먼 곳에서 쏘는 활"이란 바로 인간의 운명을 결정하는 신적 섭리를 뜻한다. 그외에도 다른 많은 신적 권위와 능력을 가진 이들 "권능의 삼신"(Trinity of Powers)은 수많은 제우스의 자식들 가운데 가장 강력한 적자(嫡子)들로 여겨지며, 신전과 제단 등 숭배의 유적이 그리스 전역과 소아시아 반도에 걸쳐 가장 널리 분포되어 있기도 하다.

*32 '송가-답송 1'은 종교적 제의의 시작을 알리는 신을 부르는 행위로서 이를테면 '초혼의 노래'에 해당한다. 이 노래를 구성하고 있는 운율은 약-약-강으로서 신을 찾는 인간의 연약한 웅얼거림이 서서히 절박한 외침으로 커져가는 리듬-두/두/둥! 두/두/둥!-을 구현한다. 신들의 이름을 부르고 그들의 현현을 간구하는 초혼의 노래는 지상과 천상, 물리적 세계와 형이상학적 세계, 플라톤(Plato)이 말하는 현상과 이데아, 또는 육의 세계와 영의 세계 사이에 소통의 경로를 뚫으려는 노력이다. 이어지는 '송가-답송 2'는 초혼의 연장이면서 이 지상의 고난을 신들에게 고함으로써 그들의 임재(臨在)를 더욱 절박하게 촉구한다. 운율은 약-약-강이 지속된다.

*33 '송가-답송 2'가 진행됨에 따라 초혼의 노래를 통해 영적 세계의 문이 서서히 열리기 시작하면서 지상의 현실("죽음")도 영적인 눈으로 보게 된다("망자의 세계로 가는 영혼들"). 그러나 영안(靈眼)이 완전히 열리기에는 고난의 현실이 너무나 처참하고 절박하여, 제의에 참여한 자들은 아직은 영과 육의 세계 사이에 놓여 있는 상태이다. 영육의 세계가 완전한 소통을 이루는 것은 '송가-답송 3'에서이다. 그러나 그러기 위해서는 '온 힘을 다해' 신의 이름을 불러야 한다.

*34 아테네 여신을 말하는 것으로서 지혜는 물론 창을 든 전쟁의 여신이기도 한 아테네를 부르는 것은 이어지는 비유인 '영적 세계의 전투'를 예비한다.

*35 "어긋난 화음"이 될 정도로 혼비백산하여 신의 이름을 부를 때 비로소 영적 세계의 문은 열린다. '송가-답송 3'을 통해 이 비가시(非可視)의 세계에 들어선 자들은 자연적 재난(역병)과 사회적 무질서(왕의 살해)를 더 이상 물리적 현상으로 보지 않고 '신들의 전쟁'으로 보게 된다. 운율도 약-약-강에서 약-강으로 바뀌어 더욱 급박한 리듬-두/둥! 두/둥! 두/둥!-으로 진행된다.

(송가 3)	그의 참혹한 울부짖음은 또 한 번 우리의 귀를 찢고서
	죽음과 파괴의 길을 다시 열어 놓았도다.*36
	위대한 신들이시여, 그를 먼 변방으로 쫓으소서.
	한낮의 태양이 살려둔 것을
	밤의 어둠이 삼켜버리지 않도록 하소서.*37
	아버지 제우스여! 모든 권능이 당신 것이라.
	번개의 섬광도 당신 것이오니
	가공할 벼락을 내려 전쟁의 신을 쫓으소서!*38
합창대 2	기도하오니 아폴로 신이여, 우리를 보우하사
(답송 3)	활시위를 당기소서. 당신의 전통은 빗나감이 없는
	화살로 가득 차 있나니, 쏘소서!
	이 재앙을 몰고 온 자를 죽이소서!
	그대 빛나는 아르테미스여
	그대 금사슬로 머리를 묶은 여신이여, 우리를 도우소서!*39
	성스런 춤의 주인이신 디오니소스 신이여
	테베의 자랑 디오니소스여, 와서 당신을 드러내소서!
	이글거리는 횃불을 밝혀 들고 모든 신들이 미워하는
	야만의 신을 우리 가운데서 몰아내소서!*40

*36 전쟁의 신 아레스(Ares)를 말한다. "전쟁의 신이 창을 내려놓았다"는 표현은 잦은 전쟁으로 시달리던 고대 그리스의 도시국가들에 드물게 찾아오는 평화에 대한 일반적 비유일 수도 있으나, 시사적 언급이 빈번한 이 극에서는 기원전 5세기 초 페르시아와의 전쟁에서 델로스 동맹의 맹주로서 승리를 이끈 아테네가 〈오이디푸스 왕〉이 쓰인 5세기 중반에 와서 누리던 비교적 오랜 기간의 평화를 구체적으로 언급하는 것으로 보인다. 문맥상, 전쟁의 신은 전쟁이 없는 곳에서도 그 본질적 파괴성을 멈추지 않는다는 것이다.

*37 빛과 어둠의 전쟁, 즉 태양의 신 아폴로와 전쟁의 신 아레스 – 또는 아레스와 결탁한 저승의 신 하데스 – 와의 전쟁이며, 곧 생명과 죽음 사이의 투쟁이다. 빛과 어둠의 이미지는 앞으로 반복되어 나타나면서 그 의미가 변주되고 심화된다.

*38 제우스의 권위를 위임받은 '권능의 삼신'을 넘어서서 제우스 자체에 의뢰하는 것은 그만큼 기원자들의 고난과 고통의 강도가 임계점에 도달한 까닭이다. 특히 이 '신들의 전쟁'에서 확고한 승리를 보증해줄 존재는 최고신 "아버지 제우스" 밖에 없기 때문이다. "번개와 벼락"은 제우스의 대표적 무기이다.

*39 아폴로는 궁술의 신이기도 하다. 하지만 그의 화살은 보이지도 않고 그래서 누구도 피할 수 없는, 인간의 운명의 궤적을 결정하는 화살이다. 한편, 달과 숲의 여신인 아르테미스는 또한 사냥의 여신이다. 아폴로의 화살과는 달리 그녀의 화살은 사냥감을 찾는 사냥꾼의 화살이다. 그녀가 "금사슬로 머리를 묶은" 것은 사냥에 나설 채비를 갖추었고 사냥감을 쫓아 숲을 내달릴 준비가 되었다는 뜻이 된다. 라이우스의 살해자에 대한 추격이 시작되는 것이다. 이 대목에 이르러 합창대의 노래와 율동은 사냥과 추격의 리듬으로 더욱 격렬해지기 시작한다. 그것이 절정에 이르는 것은 '광란의 춤'을 추는 디오니소스 신을 부르는 다음 대목에서이다.

*40 포도주의 신으로 가장 널리 알려진 디오니소스(Dionysus)는 테베의 시조인 카드모스의 딸 세멜레(Semele)와 제우스 사이의 아들이다. 태어나자마자 질투에 찬 헤라 여신의 사주를 받은 거신족(Titans)에 의해 살해되었으나 제우스가 부활시켜 원래 반신반인인 디오니소스를 신의 반열에 올렸다. 죽음과 부활을 통해 신성을 획득했기에 자연의 순환을 상징하는 농경과 풍요의 신이기도 했으며 산 자와 죽은 자를 매개하는 영매(靈媒)의 신이기도 했다. 디오니소스의 "이글거리는 횃불"은 아래로 향하면 저승의 어둠을 쫓아내고 위로 치켜들면 생명의 부활을 선언하는, 곧 죽음으로부터의 ─ 죽음에 구속된 인간존재의 ─ 해방을 의미하는 횃불이다. 삶 가운데 이 해방의 체험은 종종 포도주에 취해 인간의 일상적 자아가 벗겨지고 억제되지 않은 본능으로서의 근원적 생명력이 분출되는 도취와 황홀경 속에서 이루어진다.

　　"성스런 춤"은 도시국가 이전의 고대사회에서 광란에 가까운 주연(酒宴)의 형태를 띠었던 디오니소스 숭배제의의 격렬한 춤을 가리키는데, 그것은 인간과 목양신(牧羊神) 사티로스(Satyr 또는 Pan)가 한데 어울려 추는 ─ 상징적으로 인간이 신의 경지에 도달하는 ─ 입신(入神)의 춤이다. 이 '성스런 춤'의 황홀경적 체험을 통해 인간은 개체적 자아의 죽음에 의한 근원적 생명력의 회복, 곧 디오니소스가 표상하는 '부활'을 성취한다는 것이다.

　　"야만의 신"은 직접적으로는 전쟁의 신 아레스를 말하며 동시에 이 파괴적 신성의 현상적 실체 ─ 인간적 대리인(human agent) ─ 인 라이우스의 살해자를 가리키기도 한다. 하지만 이 본질적 파괴성이 "우리 가운데" 있다는 암시적 언급은 야만의 신이란 다름 아닌 인간성 내면에 뿌리 깊게 자리 잡은 폭력성에 대한 은유라는 추론을 가능하게 하기도 한다.

대화와 노래 1

EPISODE & STASIMON 1

예언자 티레시아스를 만나는 오이디푸스

거룩한 동굴에서 신의 음성이 퍼져 나와
왕의 살해자를 찾으니 이는 범죄 중의 범죄라.
살인자는 누구인가? 그로 하여금
질주하는 말보다 더 빨리 도망치게 하라.

가혹한 신은 무장한 전사와도 같이
번갯불로 그를 내리칠 듯 서 있고
죄악을 벌하는 복수의 여신들은 결코
실패하지 않는 추격의 발길을 뜨겁게 달군다.

- 합창대의 노래 중 -

장 면

같은 곳. 테베의 왕궁 앞 광장.

(오이디푸스 등장)*41

오이디푸스   기도의 응답을 얻고자 하느냐? 그렇다면 내 말을 들어라.
명심하라, 그대들이 스스로를 도울 때
구원을 얻고 이 모든 재난을 끝낼 수 있으리라.*42
여기 선 나에게는 그 살인의 행위도 그 사연조차도 낯선 것이니
나 홀로 무슨 일을 하겠는가?
이는 내가 외지인이었고 내가 그대들에게로 와서
테베인이 되기 훨씬 전에 그 일이 있었음이라.
이제 테베의 모든 시민에게 공포하노라.
누구의 손이 랍다쿠스의 아들 라이우스의
목숨을 앗아갔는지 아는 자에게 명하노니
알고 있는 모든 것을 내게 고하라.
공모자이거나 또는 알고서도 사실을 은닉해 온 죄가
두렵다면 — 안심하라, 결코 중벌에 처하지는 않으리라.
만약 살해자가 어떤 외지인임을 안다면 서슴없이 말하라
적절한 보상뿐만 아니라 내게서 큰 감사를 받으리라.
그래도 침묵한다면, 자신이나 친구를 위해 나의 명을
거부한다면 —— 귀담아 들으라, 내가 어떻게 할 것인지.
그것이 누구이든 내가 왕이요 최고의 통치자인
이 땅의 모든 백성들에게 명하노니
그를 집안에 들이거나 그와 말을 나누거나
신들에게 드리는 기도나 제사에 그와 함께 하지 말며
정결한 물 한 모금조차 그에게 베풀지 말라.
모두에게 명하노니 그를 문 밖으로 몰아낼지니

델파이의 신께서 내게 주신 신탁처럼

그는 다름 아닌 이 역병을 가져온 자라.

이제부터 나는 아폴로 신과 살해당한 전왕의

결연한 동맹자가 되리니 살인자는 단독범이든 공범과 함께 했든

나의 이 저주를 받으리라 ―― 인간이 겪을 수 있는

가장 참혹한 운명으로 남은 생을 살아가라!

뿐만 아니라 만약 내 지혜가 그 살인자를 내 가솔 가운데

발견한다면 이 저주가 내 자신에게 돌아오리라.

거듭 천명하거니와 내 명령에 유념하라.

그것이 나를 돕는 일이요 신을 돕는 일이며

*41 신들의 이름을 부르고 그 임재를 통한 도움을 간구하는 합창대의 노래가 정점에 달하는 바로 그 순간 오이디푸스가 등장한다는 사실에 유의하자. 그토록 염원하는 신의 임재가 이루어져야 할 자리에 한 인간이 대신 들어서는 것은 ― 그 자신의 의도와는 무관하게 ― 신의 자리를 찬탈하는 결과가 된다. 이어지는 오이디푸스의 첫 마디는 이 '신성모독'의 혐의를 더욱 짙게 한다. 다른 관점에서는, 이미 주어진 아폴로의 신탁을 수행할 대리인의 역할을 왕으로서의 오이디푸스가 정당하게 자임하는 것일 수도 있다.

　그럴 경우, 오이디푸스는 합창대가 기원한 아폴로와 아르테미스의 화살과 디오니소스의 횃불로 무장하고 ― 즉 신적 권위를 위임받아 ― 라이우스의 살해자를 추격할 사냥꾼으로서의 출발점에 서게 된다. 실제로 이어지는 그의 말은 범인(들)에 대한 선전포고에 다름 아니다. 매우 미묘한 암시이기는 하지만, 합창대 노래의 맨 마지막에 불리는 이름이 "야만의 신"이라는 사실에 주목하면, 그 순간 오이디푸스의 등장은 바로 그 부름에 ― 자신의 의지와 무관하게, 운명적으로 ― 답한 것이며 그가 바로 이 모든 파괴와 폭력의 근원임을 전조적·우회적으로 드러내는 것이라고 볼 수 있다.

*42 신의 도움이 아니라 ― 또는 그에 더하여 ― 인간 스스로 자신을 도움으로써 구원에 이를 수 있다는 생각은 이중적 의미를 가질 수 있다. 한편으로는 인간행위는 신의 섭리에 복무할 때 비로소 그 의미를 획득한다는 종교적 관점이고, 다른 한편으로는 예정된 운명에의 순응이 아니라 운명의 개척자로서의 인간의 주체성을 강조하는 인본주의적 관점이다. 맥락상, 이미 신탁이 주어진 만큼 즉각 행동으로 옮겨야 함에도 불구하고 여전히 영적 세계를 운위하는 시민들에 대해 오이디푸스는 인간의 주체적 행동을 촉구하는 것이다.

신들의 영토에서 찢겨 나와 무참히 짓밟힌
이 땅을 구하는 일일 것이다.
다름 아닌 왕의 죽음 ——
그것은 신들의 명령이 아니라도 우리 스스로 밝혀야 할 일이니
이 죄악으로부터 우리를 정결하게 해야 하리라.
그는 자손을 남기지 못하고 죽어갔지만
그의 왕관을 이어받았고 그의 왕비를 아내로 맞이했으며
그로 인해 많은 자식을 얻은 이는 바로 나 자신이기에
그의 명분을 내 아버지의 명분인양 수호하리라.
나는 랍다쿠스의 아들, 카드모스의 후손인 그를
살해한 자를 찾기 위해 어떤 수고도 아끼지 아니하리라.
이 명령에 불복하는 자들에 대한 나의 저주는 이것이니
곧 그들의 땅은 소출을 내지 못하고
그들의 아내는 아이를 낳지 못할 것이며
지금 우리에게 닥친 이 역병보다 더 무서운 재앙이
그들을 멸망케 하리라.
그러나 내 말에 순종하는 자들을 위해서 내가 기도하노니
정의의 여신과 모든 신들의 보호가 그들과 함께 할지니라.[*43]

합창대장　　당신의 저주가 저로 하여금 입을 열게 하나
저는 살인자도 아니며 살인자를 알지도 못하나이다.
이 일을 우리에게 명하신 아폴로께서는 어찌하여
친히 그가 누구인지를 밝혀주시지 않습니까?

오이디푸스　　사리에 맞는 말이긴 하나
신의 뜻을 강요함은 사람의 능력 밖의 일이니 ——

합창대장　　제가 말씀드릴 수 있는 것은 차선책에 불과하오나 ——

오이디푸스　　차선이 아니라 차차선이라 할지라도 주저치 말라.

합창대장　　선지자 티레시아스[*44]만큼 아폴로 신의 마음을

64

일반적으로 알려진 "정의의 여신" 디케(Dike)는 사법적 정의의 구현, 즉 사회공동체 내의 소송에만 관련한다. 따라서 오이디푸스가 정의의 여신에 의뢰하는 것은 라이우스 살해를 '왕의 시해'라는 사회적 범죄로만 간주하고 있다는 것을 시사한다. 반면 그리스 신화에는 또 다른 정의의 여신이 있는데 바로 디케의 어머니인 테미스(Themis) 여신이다. 딸과는 달리 테미스는 신적 정의(divine justice), 곧 우주적·자연적 질서에 대한 위반을 판결하고 징벌한다.

왕의 시해범을 찾는 수사관 오이디푸스는 디케의 법정에서는 검사석에 자리하겠지만, 테미스의 법정에서 그는 부친살해의 반인륜적 행위 – 곧 자연적 질서의 파괴 – 를 저지른 범인으로 피고석에 서 있는 셈이 된다. 이러한

"살인자는 나의 이 저주를 받으리라 – 인간이 겪을 수 있는 가장 참혹한 운명으로 남은 생을 살아가라!"

아이러니가 이 장면에 극적으로 구현되는 것은 "외지인으로서 그 살인의 행위도 그 사연도 모르고," 그 살해자에게 "가장 참혹한 운명으로 남은 생을 살아가라"는 저주를 내리며, "죽은 왕의 명분을 내 아버지의 명분"으로 받아들이고, 무엇보다 그 저주가 "내 자신에게 돌아오리라"고 – 궁극적 '진실'을 모른 채 진실을 – 말하는 오이디푸스의 모습을 통해서이다.

수백 년의 수명을 누린 전설적인 예언자 티레시아스(Teiresias)는 테베의 시조 카드모스 때부터 오이디푸스 이후 크레온에 이르기까지 일곱 대의 왕들에 걸쳐 신탁의 풀이를 통해 나라의 대소사에 관한 간언을 해온 것으로 알려져 있다. 그런 점에서 앞에 언급된 "행동을 통해 입증된 인간"이란 오이디푸스보다는 티레시아스를 가리킨다는 지적은 더 큰 타당성을 얻는다(주10 참조).

특이한 것은 – 그리고 매우 역설적인 것은 – 가장 뛰어난 예언자인 티레시아스가 장님이라는 사실이다. 한 신화에 따르면, 인간 목동과 지혜의 여신 아테네를 섬기는 요정(님프 : nymph) 사이에 태어난 티레시아스는 신들의 비밀을 알고 이를 누설한 탓에 – 다른 일설에 의하면 아르테미스 여신의 목욕 장면을 훔쳐본 대가로 – 시력을 빼앗기게 되지만, 아테네의 배려로 새소리를 듣고서 신의 음성을 판별하거나 세상의 비밀을 깨우치는 능력을 대신 얻었다. 원래 제우스의 예언자로 알려져 있으나 이 극에서는 특히 아폴로를 섬기는 예언자로 나타난다.

잘 읽을 수 있는 이는 없으니 그에게 조언을 구하는 것이

진실에 이르는 첩경이 아닐까 합니다.

오이디푸스   내가 그 일을 소홀히 했을 것 같은가?

크레온이 이미 그러한 간언을 했고

벌써 전령들이 그를 청하러 갔노라——

이상하게도 올 시간이 지났거늘.

합창대장   우리가 아는 것은 다만

오래되고 근거 없는 소문에 불과합니다만——

오이디푸스   그것이 무엇인가?

지푸라기에 매달리는 일도 나는 사양치 않겠노라.

합창대장   소문에 의하면 전왕께서는

떠돌이들에게 죽임을 당하였다 합니다.

오이디푸스   이미 들은 바이지만 목격자가 없다 하지 않는가?

합창대장   그 살인자들이 일말의 두려움도 없는 자들이 아니라면

이제 당신의 저주를 듣고서도 침묵을 지키오리까?

오이디푸스   진정 저주를 두려워한다면 어느 누가 살인을 행하겠느냐?

합창대장   그렇게 행한 자를 밝혀줄 이가 여기 옵니다.

전령이 예언자를 모셔 오고 있습니다——

그는 신성한 영감으로 가득 찬 분

진실을 뚫어보는 힘을 가진 유일한 사람입니다.*45

(시동의 인도를 받으며 눈먼 티레시아스 등장)*46

오이디푸스   티레시아스여, 그대는 신묘한 재주로

하늘과 땅의 비밀을 읽어낸다고 들었소.

그러니 그대는 비록 앞을 보진 못하나

역병이 우리를 괴롭히고 있는 것을 알리라 생각하오.

*45 "진실을 뚫어보는 힘"을 가진 예언자가 장님이라는 사실은 역설이면서 동시에 당연한 일일지도 모른다. 육신의 눈은 현상의 세계에 미혹되기 쉽고 최선의 경우라도 진실의 본질이 아니라 진실의 외관만을 보는 데 그치기 쉽다. 반면, 육신의 눈을 감고 깊은 어둠 속에 침잠하면 현상을 넘어 존재하는 실재의 세계에 보다 민감해질 수 있다. 이어지는 장면에서 '장님' 테레시아스가 '눈 뜬' 오이디푸스를 '이기는' 이유이다.

*46 탄원의 첫 장면, 신탁과 라이우스 살해의 정황을 최초로 드러내는 크레온과의 장면, 그리고 선행하는 합창대장과의 짤막한 장면은 물론 노래가 아닌 대화로 이루어져 있다. 그러나 그리스 비극의 형식적 단위인 '대화 장면' 또는 '토론'이라는 뜻의 "아곤"(agon)이 본격적으로 전개되는 곳은 바로 여기 테레시아스와의 장면에서부터이다. 이 장면을 기점으로 극의 전개는 대화 장면과 합창 장면의 반복으로 진행되는데, 각 대화 장면은 '형사' 오이디푸스에 의한 '증인'의 심문에 해당되고 합창 장면은 그 심문에 의해 드러난 사실에 대한 시민들의 – 확신, 의혹, 충격, 기대, 기원 등 – 다양한 반응으로 이루어진다.

이 '아곤'이라는 말로부터 '주인공'이라는 뜻의 '프로타고니스트'(protagonist : 원뜻은 '토론을 주도하는 자')와 주인공의 의지와 추구를 가로막는 '적수'라는 뜻의 '안타고니스트'(antagonist : 원뜻은 '반론을 펼치는 자')라는 용어가 파생되었다. 그래서 agon을 연극적 술어로는 '극적 갈등'이라고 칭하기도 하는데, 주인공과 적수의 성격에 따라 극적 갈등은 크게 세 가지 유형으로 나뉜다. 인간 대 인간이 맞서는 물리적(physical) 갈등, 인간과 신 또는 영적 세력이 쟁투하는 형이상학적(metaphysical) 갈등, 그리고 인간 내면에서 자아와 분신이 대결하는 심리적(psychological) 갈등이 그것들이다. 극의 주제적 성격에 따라 지배적인 갈등의 형태는 달리 나타나지만, '좋은' 작품에는 둘 또는 세 유형의 갈등이 중층적으로 겹쳐져 있는 경우가 많다.

〈오이디푸스 왕〉에는 세 유형의 갈등이 모두 구현되어 있지만, 지배적으로는 물리적 갈등과 형이상학적 갈등이 불가분의 관계로 결합되어 있는 반면 심리적 갈등은 다소 주변적이다. 기원전 5세기의 이 작품에 심리적 차원의 갈등이 상대적으로 약하게 드러나는 것은 아직은 자율적인 정신적 실체로서의 근대적 '심리'의 개념이 존재하지 않았고 무엇보다 인간의 내면을 영적 세력들 간의 투쟁이 투영되는 영역으로 환원시키는 시대적 경향 때문일 것이다.

이 역병으로부터 우리를 구해줄 사람은 당신뿐이오.

이미 들었겠지만 아폴로께서 우리의 탄원에 답하셨소.

이 역병은 라이우스의 살해자들을 찾아내어

죽음이나 추방으로 벌할 때까지 멈추지 않으리라는 신탁이었소.

그러니 제발 그대가 부리는 새들을 통해서*47

또는 다른 계시의 방법을 통해서 그대가 아는 바를 일러주시오.

우리를 구해주시오. 나와 이 도시와 그대 자신까지도

라이우스의 죽음이 가져온 죄악의 오염으로부터 구해 주시오.

다른 이들을 돕는 일에 자신의 모든 것을 내어놓는 것보다

더 숭고한 행위는 없지 않겠소?

우리의 운명이 지금 그대의 손에 맡겨져 있소.

티레시아스	아! 아는 것이 아무런 힘이 되지 못할 때
	지식이라는 것은 얼마나 짐이 되는 것이랴!
	내가 이것을 일찍이 깨달았거늘 잠시 잊었더란 말인가?
	여기 오지 말았어야 하는 것을.
오이디푸스	뭐라고? 그게 무슨 말이오?
	그 탄식은 대체 무엇이요?
티레시아스	집으로 가게 해 주시오!
	그렇게 하는 편이 당신에게나 또 내게도 최선일 것이오.
오이디푸스	당신이 알고 있는 것을 감추고서 말이오?
	그것은 잘못이오. 당신의 조국인 이 도시에 대한 불충이오.
티레시아스	내가 아는 것은 당신의 말이 당신 자신을 파멸로 이끌거란 거요.
	오, 신들이여, 같은 운명이 내게 닥치지 않도록 하소서 ——
오이디푸스	신들에 맹세코, 알고 있는 바를 모두 말하시오!
	탄원자인 우리가 이렇게 당신 앞에 무릎을 꿇으리니.*48
티레시아스	그대가 구하는 것이 무엇인지 그대는 모르오.
	내가 내 운명의 짐을 털어놓지 않듯이

당신의 운명도 발설치 않겠소.

오이디푸스   알면서도 말할 수 없다는 것인가?

그대는 정녕 테베를 폐허로 만들고

우리 모두를 멸망케 할 작정인가?

티레시아스   내 고통 그리고 당신의 고통도 내가 가져온 게 아니오.

왜 헛된 질문을 계속하시오? 나는 결코 말하지 않겠소.

오이디푸스   이 악당 같은 놈! 네 놈은 잠자는 돌들도 일으켜 분노케 하리라.

결코 말하지 않겠다고?

네 가슴은 그렇게도 강퍅하고 무정하단 말이냐?

티레시아스   당신은 나에게 비난을 퍼붓지만

당신 자신이 받아야 할 비난은 모르고 있소.

그러니 나를 악당이라 부르는 것이오.

오이디푸스   그대가 이 백성을 냉담하게 대하는 것을 보고

어느 누구라서 분노치 않겠는가?

*47   새 울음소리를 듣고 계시를 받는 티레시아스의 재능은 아테네 여신이 부여한 것이거
니와, 하필 왜 새일까? 티레시아스의 실명 외에 신화적 설명은 찾기 어려우나, 아마도
하늘과 땅 사이를 나는 새들은 천상의 비밀을 엿듣고 지상에 그것을 전하는 존재들
이기 때문이 아닐까? 아테네의 전령인 부엉이와 같이 하늘과 땅, 영적 세계와 육적
세계의 매개자로서의 새의 존재는 다른 문화권에서도 종종 발견된다.

*48   이 말과 함께 실제로 오이디푸스는 티레시아스 앞에 무릎을 꿇는다. 존경받는 예언
자이기는 하나 일개 시민에 불과한 자에게 왕으로서의 존엄을 내려놓고 탄원의 몸짓
을 마다하지 않는 오이디푸스에게서 백성의 안위를 자신의 권위보다 중하게 여기는
성군(聖君)의 모습을 발견할지도 모른다. 하지만 자긍심 강한 '인간' 오이디푸스에게
이것은 또한 굴욕의 몸짓이 된다는 점은 다음 순간, 무릎을 꿇으면서까지 청한 도움
을 거절하는 티레시아스에게 – 자신의 겸양이 모욕 받음으로써 수치가 되었기에 –
불같이 화를 내는 모습에서 잘 드러난다.

티레시아스	진실은 백일하에 드러날 것이오, 내 도움 없이도 말이오.
오이디푸스	어차피 드러날 것이라면 왜 말하지 않겠다는 건가?
티레시아스	말하지 않겠소. 그리고 원한다면 당신은
	아무런 절제 없는 분노와 저주를 계속하겠지.
오이디푸스	절제라고? 그래, 그렇다면 내 모든 절제를 벗어 던지고[*49]
	그대에게서 내가 보는 것을 말하리라.
	살인 행위 자체는 아니라 할지라도
	그 범죄를 계획하고 수행한 것은 바로 네 놈이라고.
	만약 눈만 멀지 않았더라면 그대의 손이 바로
	그 살인자의 손이라고 말할 수도 있으련만.
티레시아스	진정이오? 그렇다면 내 말하리다.
	당신이 내린 포고령에 자신을 굴복시키시오.
	이제는 이 사람들에게나 내게 말조차 건네지 마시오.
	이 도시를 죄악으로 오염시킨 그 범죄의 장본인은
	다름 아닌 바로 당신이니까.
오이디푸스	뭐라고? 이렇게까지 뻔뻔스러울 수가 있단 말인가?
	도대체 그러고도 무사하길 바라는가?
티레시아스	그렇소, 내게는 수호신이 있으니까 —— 바로 진리요.
오이디푸스	누가 네게 진리를 가르쳤단 말인가?
	너의 점술 따위로 진리를 깨칠 리 없거늘.
티레시아스	바로 당신이 가르쳤소. 내 뜻에 거슬러 말하게 했으니까.
오이디푸스	무슨 말을? 다시 말해 보라, 분명히 말하라.
티레시아스	내 말이 분명치 않았소? 아니면 날 시험하는 거요?
오이디푸스	충분히 분명치는 않았다. 다시 말해보라.
티레시아스	당신이 찾는 살인자가 바로 당신 자신이란 말이오.
오이디푸스	그 따위 허무맹랑한 소리를 다시 하면 그냥 두지 않겠다!
티레시아스	당신의 격분을 가중시킬 말을 한 마디 더하리까?

오이디푸스	무슨 말이고 해 보아라. 어차피 근거 없는 말일 터이니.
티레시아스	당신은 모르지만 나는 알고 있소 —— 당신은 가장 가까운 혈육과 끔찍한 치욕의 삶을 살아가고 있소.
오이디푸스	그 말에 대한 형벌을 끔찍하게 치르게 될 것이다!
티레시아스	그렇지 않소. 진실이 강한 것이고 끝내 이기는 것이라면.

*49 드높은 자긍심 또는 오만과 함께 비극적 결과를 초래하는 오이디푸스의 성격적 결함
은 바로 '절제 없음'이다. 하지만 이것을 '무절제'라는 부정적 의미로만 규정할 수는
없다. 만사에 끝을 보고 마는 철저한 성격, 또는 극도의 한계에 이르지 않고서는 좀체
물러서지 않는 완벽주의적인 성품이라고 하는 것이 더 적절할 것이다. 첫 장면의 탄
원자들을 대하는 모습에서 나타났듯이 남달리 예민한 감성(연민), 누구보다 뛰어난
지성(사유), 유달리 강한 실천력(행동) 등도 역설적으로는 이 '절제 없음'의 또 다른 –
긍정적인 – 현현인 것이다.

그럼에도 불구하고 미덕과 악덕을 초월하는 바로 이러한 성격적 철저함이 오이
디푸스의 파멸을 가져온다는 점에서 그것은 아리스토텔레스에 의해 "비극적 과오"
(hamartia)라고 불리게 된다. 무엇보다 티레시아스가 말하는 "절제 없는 분노"는 앞에
언급된 "야만의 신"과 겹쳐지면서 오이디푸스에게 주어진 비극적 운명의 본질을 드
러내주게 된다.

"당신을 파멸로 이끄는 것은 내가 아니요, 아폴로 그분만으로 충분하오 …
당신의 적은 크레온이 아니요, 당신 자신이 당신의 적이오."

© Photo Courtesy of Corinth Films, Inc. All Rights Reserved.

오이디푸스	진실은 강하지 —— 다만 그대와는 무관한 것.
	그대의 눈과 귀와 머리와 모든 것이 어둠에 잠겨 있지 않은가.
티레시아스	지금 당신이 내게 쏟아 놓은 이 모욕을 만인이 똑같이
	당신에게 퍼붓게 되리니 그때 다시 기억하게 되리라.
오이디푸스	그대는 어둠 속에 살고 있다. 그러니 나는 물론
	제 눈으로 앞을 볼 수 있는 어떤 이도 해치지 못하리라.[50]
티레시아스	그렇소, 당신을 파멸로 이끄는 것은 내가 아니니까.
	아폴로 그분만으로 충분하오. 그분이 주관할 것이오.
오이디푸스	그대인가 아니면 크레온인가? 누가 이 음모를 꾸몄느냐?[51]
티레시아스	크레온은 당신의 적이 아니오. 당신 자신이 당신의 적이오.
오이디푸스	오, 부여! 오, 왕의 권좌여!
	너희들만큼이나 높은 곳에서 인생의 투쟁을 지휘하는 것이
	또 있으랴!
	너희들만큼이나 세상의 시기를 더 풍성하게 부르는 것이
	또 있으랴!
	내가 구하지도 않았건만 이 도시가 내게 준 이 왕관을
	이제 내 친구, 내가 신뢰해 마지않는 크레온이
	나를 이곳에서 몰아내고 차지하려 드는구나.
	그래서 제 돈주머니에만 눈이 달리고 정작 점술에는 눈이 먼
	이 협잡꾼을 내게로 보냈구나.
	자, 예언가여, 네 잘난 능력을 어디 한번 보여 봐라!
	그래, 스핑크스가 죽음의 노래를 불렀을 때는
	왜 그대는 아무 말이 없었던가?
	왜 이 도시를 구하지 못했던가?
	진정한 예지를 필요로 하는 스핑크스의 수수께끼를 풀기에는
	그대의 타고난 재치가 모자랐던 탓이겠지.
	그때는 아직 뛰어난 예언자가 못 되었던 탓이겠지.

*50 "어둠 속에 살고 있는" 티레시아스와 "제 눈으로 앞을 볼 수 있는" 자신을 비교하고 있는 오이디푸스가 여기서 깨닫지 못하고 있는 사실은 티레시아스의 예지 능력은 오히려 육신의 눈을 잃어버림으로써 가능해진 것이라는 점이다. 물리적 세계의 현상에 눈먼 대신 그 세계를 배후에서 움직이는 영적 세계에 대한 '통찰'을 얻은 것이다. 흥미롭게도 통찰(insight)이라는 말은 '안을 들여다 봄'의 의미이지만 '시력의 부재'(부정 접두어 in + 시력 sight)'라는 의미적 구조를 가지기도 한다.

*51 크레온에 대한 돌연한 의심은 일견 근거 없어 보이지만, 티레시아스의 예언을 추천한 것이 크레온이라는 사실로부터 이루어진 날카로운 추론이자 이방인으로서 왕이 된 자신의 '불안정한' 위상에 대한 불안감의 반영이기도 하다 : '애초에 라이우스의 살해자를 찾으라는 신탁을 가져온 것도 바로 크레온이 아닌가? 역병으로 혼란에 빠진 정국을 틈타 이방인인 나를 몰아내고 테베의 권문세가 출신이자 중신으로서 정당한 왕위 계승권을 가진 크레온 자신이 왕위에 오르려는 음모가 아닌가?'

한편, 이 의심이 티레시아스의 아폴로에 대한 언급 - "아폴로 그분만으로 충분하오, 그분이 주관하실 거요" - 에 불연속적으로 이어지는 것에 유의해 보면, 예언자는 눈에 보이지 않는 세계, 이를테면 '신의 길'을 보지만 오이디푸스는 눈에 보이는 세계, 곧 '인간의 길'만을 보고 있음이 선명하게 대비된다. 오이디푸스의 육신의 눈은 티레시아스나 크레온과 같은 인간들에게서 자신의 적을 발견하지만('물리적 갈등'), 티레시아스의 말대로 실상 오이디푸스의 파멸을 가져오는 것은 그의 운명을 예정한 아폴로이며 그런 맥락에서 오이디푸스의 대적은 바로 아폴로 - 또는 신적 섭리 - 인 것이다('형이상학적 갈등').

그러나 역설적으로 섭리의 완성은 반드시 인간적 대리인을 필요로 한다. 운명이란 종종 인간 자신의 성격과 그 성격에 의해 제한받는 일련의 선택적 행위에 다름 아니기 때문이다. 그런 의미에서 오이디푸스의 적은 - 티레시아스가 이어 말하듯 - 바로 오이디푸스 자신이 된다('심리적 갈등').

"나를 장님이라 능멸했으니 말하리다. 당신에겐 눈이 있소. 하지만 그 눈으로 당신이 어디에, 누구와, 어떤 끔찍함 속에서 살아가고 있는지 보지 못하오."
© Photo Courtesy of Prague National Theatre

하늘로부터 오는 목소리라는 그대의 새들도

그때는 잠잠했으니까.

바로 그때 내가, 우연히 나타난 내가, 아무것도 모르는 내가

스핑크스를 쫓아내지 않았던가!

그대가 들먹이는 예언이 아니라 내 자신의 지혜로써 말이다!

그런데 이제 와서 그대가 나를 쫓아내려 한다?

왕위에 오를 크레온의 총애를 입고자?

살인자에게 내린 나의 저주를 피해갈 수 있을 것 같은가?

그대나 그대의 공범자가 말이다.

하지만 어차피 살 목숨이 얼마 남지 않은 늙은이니

반역의 대가가 무엇인지 먼저 알게 해 주마!

합창대장　왕이시여, 그의 말은 홧김에 나온 것입니다 ——

그리고 감히 아뢰건대 왕의 말씀도 그러합니다.

화를 내어 하는 말이 무슨 도움이 되겠습니까?

지금 문제는 신께서 우리에게 맡기신 임무를

어떻게 수행하느냐는 것이 아닙니까?

티레시아스　비록 당신이 왕이시나 내게도 똑같은 책임이 있소.

아니 권리라 해야 할 것이오. 나는 그대의 노예가 아니오.

나는 또한 크레온의 종복이 아니니

내가 섬기는 것은 오직 아폴로 신이기 때문이오.

이제 들으시오 —— 나를 장님이라 능멸했으니 말하리다.

당신에겐 눈이 있소. 하지만 그 눈으로 당신은

당신이 어디에, 누구와, 어떤 끔찍함 속에서 살아가고 있는지

보지 못하고 있소.

당신의 부모 —— 그들이 누구인지 당신은 아시오?

아니, 살아있거나 죽은 당신의 혈육들에게

당신 자신이 적이라는 사실을 알고 있소?

아버지의 저주와 어머니의 저주가 합하여

당신을 이 테베 땅으로부터 멀리 쫓아내고

당신이 지금 보고 있는 이 대낮의 빛을

암흑으로 변하게 하리라는 것을 알고 있소?

당신이 토하는 고뇌의 절규가 어디까지 닿을 것인지

키타론 산*52의 계곡들이 그 절규를 어떻게 메아리칠지

청명한 항해 끝에 다다른 이 죄악의 항구에 당신을 묶은

혼인의 축가가 무슨 뜻이었는지 당신은 알고 있소?

눈먼 자는 당신이요*53 ── 당신을 당신 자식들과

하나로 만든 무서운 운명을 보지 못하고 있소.

그러니 지금은 크레온과 나에게 온갖 경멸을 마음껏 퍼부으시오.

이 땅의 어느 누구도 당신과 같은

비참한 운명을 타고나진 않았으니까.

오이디푸스   뭐라고? 내가 이런 폭언을 참아야만 한단 말인가?

파멸과 저주가 너와 함께 하리라! 당장 눈앞에서 사라져라!

가라! 네가 온 곳으로 돌아가라니까!

---

*52 키타론(Cithaeron) 산은 테베를 감싸고 코린트까지 이르는 산맥의 일부로서 갓난 오이디푸스가 버려진 곳이다. 신화적으로는 제우스에 의해 부활한 어린 디오니소스가 님프들의 양육을 받으며 자라난 곳으로 테베인들이 숭앙하는 신성한 산이기도 하다.

*53 스핑크스의 수수께끼를 풀 만큼, 곧 인간조건과 사물의 이치를 간파할 만큼 뛰어난 이성의 눈을 가진 오이디푸스는 그러나 자신에 대한 진실은 알지 못한다. 육신의 눈으로는 인간의 조건을 예정하는 신적 섭리와 영적 세계의 실상도, 인간 내면의 어둠도 들여다 볼 수 없기 때문이다. 자신의 아버지를 죽이고 어머니와 결혼하여 자신을 낳은 자궁으로부터 자식을 얻는 차마 형언하기 어려운 비참한 운명을 누가 상상이나 할 수 있으랴. 그런 점에서 오이디푸스는 분명 '눈 뜬 장님'인 것이다.

티레시아스	그대가 부르지 않았더라면 여기 있지도 않았을 거요.
오이디푸스	네가 이토록 우매한 말을 지껄일 줄 알았더라면
	내 집으로 너를 부르지도 않았을 것이다.
티레시아스	당신은 나를 우매하다 말하지만
	당신을 낳은 부모는 날 현자라 불렀소.
오이디푸스	거기 서라! 그들이 누구냐?
	내 부모가 누구란 말이냐? 어서 말하라!*54
티레시아스	오늘 하루가 당신의 출생과 멸망을 함께 보여줄 것이오.*55
오이디푸스	그대는 어둠의 그늘에 가린 수수께끼를 좋아하는군.
티레시아스	수수께끼를 푸는 데는 당신이 더 뛰어나지 않소?
오이디푸스	비꼬아도 소용없다, 그 능력이 내게 영광을 가져다주었으니.
티레시아스	영광과 함께 멸망도 가져온 것이오.
오이디푸스	나의 파멸이 도시를 구한다면 나는 만족하리라.
티레시아스	그럼 나는 가리다. 얘야, 내 손을 잡아다오.
오이디푸스	그래, 아이의 손이나 잡고 사라져라.
	여기서 그대는 진노만 부를 뿐이다.
	가라, 더 이상 나를 흥분케 말고!
티레시아스	한 마디만 더하고 가리다. 당신의 성난 얼굴이 나를
	두렵게 하진 않소. 당신은 날 해칠 수 없으니까.
	잘 들으시오 ── 당신이 찾는 라이우스의 살인자는
	바로 이곳에 살고 있소. 그는 외지인이라 생각되었지만
	원래 테베 출신임이 밝혀질 것이오.
	이 발견이 그에게 기쁨을 가져오진 않을 거요.
	그리고 그의 눈이 암흑에 휩싸이고
	그의 부가 거지의 그것으로 전락할 때
	그는 지팡이를 의지하고 외국 땅을 방랑하게 될 거요,
	그가 낳은 자식들과 함께 말이오.

그는 제 자식들의 아비요 또한 형제라 알려질 것이오.

아비의 살인자요 저를 낳은 어미의 남편이라 알려질 것이오.

자, 이게 다요.[56] 내 말에 유념하시오.

54 이 순간부터 '라이우스의 살해자가 누구인가'라는 질문은 오이디푸스의 '나는 누구인가'라는 질문과 겹쳐진다. 범인을 찾는 범죄수사극의 선정적 질문이 – 출생의 비밀을 둘러싼 멜로드라마의 흥미 유발적 추구를 거쳐 – 궁극적으로는 인간의 정체성을 탐색하는 비극의 철학적 질문으로 전환되는 것이다. 그런 점에서 〈오이디푸스 왕〉은 인간 드라마의 다양한 층위를 역동적으로 융합시키고 있는 작품이다.

한편, 이 두 질문의 겹쳐짐은 앞의 합창대 노래에 나타난 아르테미스의 화살과 아폴로의 화살의 겹쳐짐에 상응한다. 비유적으로 말하자면, 오이디푸스는 라이우스의 살해자를 사냥하는 아르테미스의 화살을 날리지만 그 화살은 허공에서 원형의 궤적을 그리면서 아폴로의 시위를 떠난 운명의 화살이 되고 그것이 마치 부메랑처럼 돌아와 오이디푸스 자신의 이마에 – '라이우스의 살해자는 라이우스의 아들인 바로 너'라고 말하며 – 꽂히게 되는 것이다. 그런 면에서 〈오이디푸스 왕〉의 극적 행동 자체가 극적 아이러니의 가장 탁월한 사례가 된다.

55 "오늘 하루"라는 말은 이 극에 몇 번에 걸쳐 반복되어 나타난다. 탄원과 신탁, 사건 수사와 해결이 '오늘 하루'만에 신속히 시작되고 종결될 뿐 아니라, 티레시아스의 말대로 오이디푸스의 "출생과 멸망," 곧 과거와 현재, 그리고 미래까지도 암시되는 그의 생애의 전부가 '오늘 하루' 안에 집약되고 결정된다. 길고 굽이진 여정을 거쳐 왔을 주인공의 운명이 한 순간에 뒤바뀌는 이러한 플롯 구성의 장치를 아리스토텔레스는 "급전"(peripeteia)이라고 명명했으며, 비극의 극적 행동은 하루의 제한된 시간 안에 이루어지는 것이 최상이라는 극작법의 공식을 남기게 했다.

다른 한편, '하루'(day)라는 말은 '낮' 또는 '태양'을 의미하는 말이기도 하다. 그렇다면 '오늘 하루가 모든 비밀을 드러내 보여 주리라'는 티레시아스의 경고는 '태양신 아폴로께서 진실을 알게 해주시리라'는 예언에 다름 아니다.

56 실제로 티레시아스는 모든 비밀을 '직설적으로' 드러내어 밝혔다. 그럼에도 불구하고 그의 말을 오이디푸스는 물론 주변의 시민들도 이해하거나 믿지 못한다. 도저히 상상할 수 없는 일이나 인식의 범위를 훌쩍 넘어서는 말은 '들어도 알지 못하고 보아도 믿지 못하는' 것이 되기 때문이다.

그리고도 만약 내 말이 거짓임이 드러난다면
그때는 나를 신의 뜻을 모르는 장님이라 해도 좋소.

(티레시아스와 오이디푸스 각각 퇴장)

합창대1　　거룩한 동굴에서 신의 음성이 퍼져 나와
(송가1)　　왕의 살해자를 찾으니 이는 범죄 중의 범죄라.
　　　　　살인자는 누구인가? 그로 하여금
　　　　　질주하는 말보다 더 빨리 도망치게 하라![57]
　　　　　가혹한 신은 무장한 전사와도 같이
　　　　　번갯불로 그를 내리칠 듯 서 있고
　　　　　죄악을 벌하는 복수의 여신들은 결코
　　　　　실패하지 않는 추격의 발길을 뜨겁게 달군다.[58]

소년 시종들의 부축을 받으며 퇴장하는 티레시아스의 등 뒤로, 그가 남긴 불길한 예언의 충격 속에 허공을 응시하고 있는 합창대장은 오이디푸스에게 다가올 참혹한 운명의 전조를 감지하고 있는 것일까?
© Photo Courtesy of Prague National Theatre

*57 '송가 1'의 운율은 중간에서 변화한다. 전반 4행은 약–약–강의 리듬으로 시작하지만 후반 4행은 약–강의 리듬으로 빨라지면서 보다 급박한 템포를 형성한다. '답송 1'의 경우도 같은 구성을 가진다. 중도에 리듬과 템포가 달라지는 것 외에도 '송가–답송 1'의 특기할 점은 – 그리스 원어의 발음을 최대한 살린 H. D. F. Kitto의 영역본에 따르면 – 자음들의 독특한 음가(音價)에 있다. 마찰음인 /s/와 /ʃ/, 파열음인 /p/와 /t/ 소리가 반복해 나타나면서 매우 격렬하고 거친 음조를 이루는데, 이것은 노랫말에 담긴 도망자와 추격자, 사냥과 폭력의 이미지를 음성적으로 증폭시키는 장치가 된다. 실제 공연에 있어서 이 대목의 음악 반주도 고음의 날카로운 현악기, 소란스러운 관악기, 그리고 급박하고 강한 진동의 타악기에 의한 격렬한 음향으로 이루어 졌으리라고 추정되며, 당연히 그에 상응하는 합창대의 '폭력적' 율동 또는 무용이 수반되었을 것이다.

*58 번갯불을 무기로 삼는 신은 물론 제우스다. "복수의 여신들"(Furies : 또는 '분노의 여신들')은 올림푸스 신의 반열에 오르지 못하고 지하에 거주하는 – 하지만 올림푸스 신위(神位)보다 더 오랜 기원을 가진 전래 민간신앙에 속한 – 세 명의 여신이다. 이를테면 도시국가의 제도권 종교에 편입되지 못한 부족공동체의 '성황당 신앙'을 대변하는 존재들인데, 이들은 특히 제우스를 '아버지'로 하는 올림푸스의 가부장적 질서와는 대조적으로 모계사회적 윤리를 표상하는 것으로 알려졌다. 아이스퀼로스의 〈오레스테스 3부작〉에서 모친살해의 죄를 진 오레스테스를 복수의 여신들이 그리스 전역에 걸쳐 끝까지 추격하는 모습에 그러한 기원이 잘 그려져 있다.

그러나 〈오이디푸스 왕〉에서는 이 여신들이 인륜적 범죄 일반을 징벌하는 존재로 묘사되고 있으며, 따라서 제우스와 복수의 여신들에 의해 함께 단죄된다는 것은 어떠한 윤리적 관점에서도 용서될 수 없고 하늘과 땅 어느 곳에서도 안식을 누릴 수 없다는 의미를 가지게 된다. 결국 '송가 – 답송 1'의 격렬한 음악은 천상과 지하의 신들이 모두 일어나 범인을 추격하는데서 빚어지는 초자연적 사냥의 음악인 것이다.

이 초자연적 사냥의 격렬한 음악과 폭력적인 추격의 모습을 무대 위에 시청각적으로 구현하기 위해 1963년 프라하 국립극장 공연에서 체코의 무대미술가 요제프 스보보다(Josef Svoboda)는 거대한 계단무대 아래 대규모의 조명장치와 교향악단을 감춰둔다. 범인을 쫓는 합창대의 격정적인 노래와 율동이 점점 고조되다가 절정에 이르는 순간, 계단을 내리비추던 전면조명이 일순 어두워지고 대신 계단 아래 설치된 조명이 철골로만 된 계단의 수직면을 덮고 있던 망사 천을 뚫고 마치 수천 개의 화살처럼 솟구쳐 오른다. 동시에 숨어 있던 교향악단의 주용이 거대한 실루엣으로 객석을 향해 투사되면서 극장 전체 – 곧 우주 전체 – 를 뒤흔드는 웅장한 음악이 폭발하듯 뿜어져 나온다. 이 빛과 소리의 압도적 분출로 복수의 여신들의 지하세계는 무대 위의 테베인들에게와 마찬가지로 객석의 현대 관객에게도 상상을 넘어선 감각적이고 가시적인 현실이 된다.

합창대 2	드높은 파르나소스[*59] 산꼭대기의 흰 눈이 번뜩이는 전갈을 보내니
(답송 1)	테베인들이여, 살인자를 추격하라!
	그는 어디 있나? 산중의 동굴 속에 웅크리고 있나?
	깊은 숲 속으로 숨어들었나?
	세상 밖으로 내쳐져 쉼 없는 도망 길에 서서
	아폴로의 신전을 피해 지친 몸을 이끌고 홀로 유랑하고 있나?
	어디로 도망치든 신들의 살아 있는 위협이
	그의 머리 위를 떠나지 않으리니.[*60]
합창대 1	기이하고 두렵구나 현명한 예언자가 남긴 말이.
(송가 2)	그의 말은 정녕 무슨 뜻일까?
	믿을 수도 믿지 않을 수도 없으니 그 뜻을 헤아릴 길 없도다.
	여기저기 둘러보나 아무것도 찾을 수 없고 ——
	테베와 코린트 왕들 사이에 쌓인 원한이 있지도 아니하니[*61]
	라이우스왕을 내리친 미지의 손을 내가 장차 알게 된다 할지라도
	만인의 존경을 한 몸에 받는 이를 아무 증거 없이
	내 어찌 의심하리요?
합창대 2	제우스와 아폴로 —— 신들에게는 지혜가 있어
(답송 2)	인생의 감춰진 길들을 훤히 알고 계시도다.
	나보다 더 많은 것을 알고 있다한들
	예언자들은 우리와 같은 인간이라.
	이 일에 대해 한 사람은 현명하고 다른 한 사람은 우매하나
	이를 밝힐 증거가 마땅히 없도다.
	하지만 일이 분명해질 때까지는 왕의 고소인을 믿지 않으리니
	내 눈으로 그가 어떻게 스핑크스에 도전해
	그의 빛나는 지혜로 도시를 구했는지 보았도다.
	그런 그를 내가 이제 와서 어찌 감히 판단하리요?[*62]

*59 파르나소스(Parnassus) 산은 그리스 중부의 고산으로서 델파이를 가까이 에워싸고 있어서 아폴로의 성지로 일컬어진다.

*60 '답송 1'의 후반 4행은 현재 진행되는 추격을 피해 라이우스의 미지의 살해자가 도망하는 모습을 상상적으로 그리고 있지만 이미 과거에 일어난 일, 즉 델파이의 신전에서 불길한 신탁을 받은 젊은 날의 오이디푸스가 도피의 유랑길에 오른 모습을 – 합창대의 의도와는 무관하게 – 재현하고 있기도 하다. 출생의 비밀을 알려 갔다가 '아버지를 죽이고 어머니와 결혼하리라'는 끔찍한 예언을 들은 오이디푸스는 그 예언의 성취를 피하기 위해 세상을 등지지만 그 "살아 있는 위협"으로부터 끝내 벗어나지 못하고 우연히 – 그러나 운명적으로 – 마주친 라이우스 일행을 살해하게 되었던 것이다.

티레시아스의 말을 반추하는 이어지는 '송가–답송 2'에서는 운율이 강–약–약–강으로 바뀜으로써 추격과 폭력의 강렬한 리듬이 잦아들고, 대신 깊은 의혹과 불확실성의 느낌을 표현하는 불길하고 느린 음조로 진행된다.

*61 코린트 왕의 왕자로 자라난 오이디푸스는 젊은 시절 한때 자신의 출생에 의문을 가졌던 적이 있으나 결국 테베인들에게는 자신이 코린트의 왕자였다고 소개했던 것 같다. 오이디푸스가 라이우스의 살해자라는 티레시아스의 '고발'을 받아들인다면, 코린트의 왕자가 테베의 왕을 살해한 셈이 되는데, 합창대는 테베와 코린트 사이의 전통적인 우호적 관계에 근거해 적절한 살해 동기가 없다고 판단하는 것이다.

*62 "예언자들"을 언급하는 것은 테베 시민들이 예언자 티레시아스뿐 아니라 오이디푸스도 예지의 능력을 가진 특별한 인간이라고 믿고 있음을 보여준다. 하지만 그들은 이 '예언자들' 사이의 갈등이 결국에는 인간의 갈등이기에 그들 중 누가 옳고 그른가 – 혹은 우매하고 현명한가 – 는 "신의 지혜"를 통해 가려지리라 기대한다.

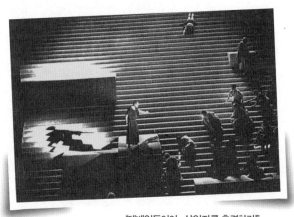

"테베인들이여, 살인자를 추격하라!"
© Photo Courtesy of Prague National Theatre

대화와 노래 2

EPISODE & STASIMON 2

기원전 5세기 아테네의 정치가 페리클레스

오만은 폭군을 낳나니 부와 권력에서 비롯된 오만은
지혜와 절제에 굴복하기엔 너무나 큰 것이라.
오만은 인간을 세계의 정상에 올려놓고는
다음 순간 그를 멸망의 나락에 떨어뜨리도다.
그 밑바닥에서 그는 살아갈 수도 도망칠 수도 없나니.

그러나 신들이여, 이 도시를 구하려는
필사의 노력을 저버리지는 마소서.
신들이여 우리를 보호하소서!

- 합창대의 노래 중 -

장면

같은 곳. 테베의 왕궁 앞 광장.

(크레온 등장)*63

크레온   시민 여러분, 오이디푸스 왕께서
나를 무고히 비난했다고 들었소.
난 이를 참지 않을 것이오.
그를 해하려고 내가 어떤 일을 했거나
말 한 마디라도 했다면 나는 죽어도 좋소.
그런 치욕을 안고 살아가고 싶지는 않소.
친구들이여, 이 도시가 나를 반역자라 부른다면
그것은 단순한 비방이 아니라
내 삶 전부를 욕되게 하는 것이기 때문이오.

합창대장   그 비방은 명철한 판단이 아니라
격노의 열기로 인한 것입니다.

크레온   왕께서 어찌하여 예언자의 거짓말을
내 탓으로 돌렸단 말이요?

합창대장   그분의 말씀만 들었을 뿐, 그 이유는 저도 알지 못합니다.

크레온   나를 비난할 때 왕께서는 자신의 마음을 다스리고 계셨소?

합창대장   제왕의 마음을 어찌 뚫어볼 수 있으리까?
그러나 여기 직접 오시니 ——

(오이디푸스 등장)

오이디푸스   아니, 크레온? 그대가 감히 여길 왔단 말인가?
내 목숨과 왕관을 찬탈하려 한 사실이
명백히 드러난 지금 어떻게 뻔뻔스럽게도

내 집 앞에 올 수 있단 말인가? 그런 음모를 꾸미다니

나를 겁쟁이가 아니면 바보로 생각했던가?

그대의 음모를 보지 못할 정도로 눈멀었거나

아무런 저항 없이 굴복하리라 생각했던가?

헛되이 왕위를 노리다니 그대는 미쳤거나

아니면 강력한 친구들과의 공모가 있었겠지!*64

크레온   말씀을 하셨으니 이제 내 말을 들으시오,

그리고 판단을 해 보시오.

그러는 것이 순서일 것이오.

오이디푸스   침착한 말투로군! 하지만 그 말을 경청할 필요는 없어.

그대가 나를 얼마나 증오하는지 알았으니까.

크레온   그러나 먼저 내 말을 들으시오.

---

*63 크레온의 등장과 곧 이은 오이디푸스의 등장은 티레시아스의 장면에 이어 제 2의 '아곤' 장면을 연다. 이 장면의 극적 갈등은 특히 두 인물 사이의 – 종종 상대방의 말을 차단하거나 즉각적 대구(對句)에 의한 반박을 지배적 어법으로 하는 – 일련의 공격과 방어 그리고 역공으로 이루어져 있어 물리적 갈등에 있어서의 프로타고니스트와 안타고니스트의 대립적 관계를 매우 명료하게 도해해준다. 또한 이 두 인물 사이의 개인적 갈등이 그들이 각각 대변하는 가치에 의해 사회적·정치적 갈등으로 확장되는 양상에도 주목할 필요가 있다.

*64 티레시아스의 배후에 크레온의 사주를 감지하듯이 여기서 오이디푸스가 크레온의 "강력한 친구들"을 공범으로 지목하는 것은 그 '친구들'이 테베의 전통적 세도가를 가리킴은 물론, 비록 용사가문의 딸이자 전왕의 아내인 요카스타와의 혼인으로 자신의 입지를 강화했음에도 불구하고 외지인 출신 왕으로서의 정치적 고립감과 불안감이 반영된 것으로 볼 수 있다.

극중 맥락에서 더욱 중요한 사실은 오이디푸스의 이러한 소외 의식이 근본적으로는 실존적 성격의 것이라는 점이다. "나 오이디푸스"라는 '소속 없는' 칭호에 반영되어 있었듯이, 그의 유아독존적 자긍심은 근원에 있어 기댈 곳도 없고 뿌리도 없는 떠돌이이자 외톨이로서의 실존적 불안감과 밀접한 연관을 맺고 있는 것이다.

오이디푸스	그러나 먼저 악당이 아닌 척은 마라.
크레온	그렇게 지각없는 완고함이 무슨 소용이 된다고
	믿는다면 당신은 잘못이오.
오이디푸스	친족을 해치고자 한 자가 보복을 피할 수 있으리라
	믿는다면 그대가 잘못이지.
크레온	그 점엔 이견이 없소. 하지만 도대체 내가
	무슨 해악을 행하려 했단 말이오?
오이디푸스	그 잘난 예언자를 불러와야 한다고 간언한 것이
	바로 그대가 아니었던가?
크레온	그렇소. 그리고 그 간언이 합당한 것이라 아직도 믿소.
오이디푸스	얼마나 되었던가? 라이우스가 ——
크레온	라이우스가 어쨌단 말이오?
오이디푸스	그가 사라지고 처참한 죽음을 당한 것이?
크레온	오래 전의 일이오, 기억도 희미할 만큼.
오이디푸스	그때도 이 예언자는 예언을 하고 있었던가?
크레온	그때도 그의 명성은 지금이나 마찬가지로 드높았소.
오이디푸스	그 당시 그가 내게 관한 말을 한 적이 있었나?
크레온	내가 아는 바로는 그런 적은 없었소.
오이디푸스	그 살인에 대해 그대는 그 당시
	아무런 수사도 벌이지 않았었나?
크레온	수사를 하지 않았냐고요? 물론 했지요.
	아무 단서도 발견할 수 없었지만.
오이디푸스	왜 이 예언자가 그때는 아무 말도 하지 않았지?
크레온	그걸 누가 알겠소? 나는 알지 못하니 할 말도 없소.
오이디푸스	이것은 그대가 알겠지 ——
	그리고 대답하는 편이 좋을 것이야.
크레온	그게 무엇이오? 안다면 물론 대답하리다.

오이디푸스	예언자가 그대와 결탁한 것이 아니라면
	내가 살인자라고 말했을 리 없다는 것을.
크레온	그가 그런 말을 했다면 —— 그 까닭은 나도 모르오.
	대답했으니 이젠 내가 질문을 할 차례요.
오이디푸스	무엇이든 물어 보라.
	내가 살인자라는 증거를 찾진 못할 터이니.
크레온	좋소, 그렇다면.
	당신은 내 누이와 결혼하지 않았소?
오이디푸스	부인할 수 없는 사실이지.
크레온	그리고 테베의 통치권을
	그녀와 함께 보유하고 있지 않소?
오이디푸스	물을 필요도 없는 일.
	그녀의 권리는 나와 동등한 것이야.
크레온	나 또한 그대의 즉위를 환영하고
	지금껏 통치의 협력자로서 최선을 다하지 않았소?
오이디푸스	지금껏 그랬지. 그러고도 반역을 도모하다니!
크레온	침착하게 생각해보면 그렇지 않다는 것을 알게 될 거요.
	무엇보다도 이미 왕 다음의 높은 권위를 가진 누가
	근심과 두려움으로 밤을 지새워야 하는
	왕의 힘든 자리를 탐하겠소? 나는 아니오.
	내가 원하는 것은 모든 지혜로운 자들이 원하는 바
	권위의 실체이지 그것을 과시하는 일이 아니오.
	당신을 통해 나는 이미 권력을 향유하고 있거니와
	무엇 때문에 스스로 왕이 되어 근심으로 시달리길 원하겠소?
	아니오, 평화 속에 누리는 이 권력을
	내동댕이치면서까지 왕관을 원하지는 않소.
	내 명예와 이익을 포기할 만큼 그렇게 미치지는 않았소.

사람들은 날 존경하고 나 또한 보답으로 그들을 공경하오.

당신에게 탄원할 것이 있는 자들은 먼저 내게 탄원하오.

그런 내가 왜 이 모든 것을 저버리고 왕관을 탐하겠소?

지각이 있는 자라면 결코 반역을 도모하진 않소.[65]

나는 반역자가 되고 싶지도 않고

다른 자의 반역에 가담할 리도 없소.

물론 나를 시험해 봐도 좋소.

델파이로 가서 내가 거짓으로 신탁을 전했는지 알아봐도 좋소.

그리고 만약 내가 그 예언자와 무슨 결탁을 했다면

당신의 표에 내 표까지 보태 나를 처형하시오.[66]

그러나 근거 없는 의심만으로 그리하진 마시오.

자의적인 판단으로 거짓된 자를 참되다 하고

참된 자를 거짓되다 하는 것은 얼마나 어리석은 짓이겠소!

충성스러운 친구를 저버리는 것은

바로 자신의 삶을 파괴하는 것이나 다름없소.

시간이 지나면 당신도 깨닫게 되리라.

올바른 인간을 가려주는 것은 시간의 몫이니까.

진짜 반역자를 가리는 일은 단 하루로 족할 것이오.

합창대장　왕이시여, 그의 말은 신중하고 따라서

큰 과오로부터 비켜서 있는 듯합니다.

성급한 판단을 경계하소서.

오이디푸스　그러나 적의 음모와 행동이 신속할 때는

나 또한 신속해야 한다. 만일 서두르지 않고 기다린다면

적은 목적을 이루고 나는 패배하고 말 것이다.

크레온　어떻게 하길 원하시오? 날 추방하시겠소?

오이디푸스　추방 이상의 것, 그대 목숨을 내놓아야 할 것이다.

*65 델파이로부터 돌아와 신탁을 전하는 장면에서 이미 부분적으로 드러났듯이 신중한 크레온의 성격은 이 장면에서 2인자로서의 지위와 권력에 스스로 만족하는 극히 인간적인 지혜로움과 절제의 모습을 더함으로써 인간 이상의 지혜를 구하고 '절제를 모르는' 오이디푸스의 성격에 극명한 대조를 이룬다. 하지만 관점을 달리하면, "왕의 근심과 두려움"을 회피하고 "명예와 이익" 양자를 저울질하는 크레온의 "지각"은 그 자신의 말대로 "결코 반역을 도모하지 않는," 곧 기존의 관념에 도전하고 새로운 시대정신을 앞서 구현하는 선구자의 자질과는 상반되는 상식과 보수의 정신에 그친다. 이러한 성격적 차이는 다만 두 사람의 개인적 갈등에 머물지 않고 이 장면에서 대두되는 정치적 입장의 차이로 확장된다.

오이디푸스와 크레온의 성격적 대조는 오이디푸스의 날카로운 눈매의 황금빛 가면과 눈 꼬리가 처진 크레온의 청동빛 가면을 대비적으로 제시하는 1955년 스트랫포드 공연의 마스크에 거의 축자적으로 구현되어 있다. 이에 더하여 요카스타의 가면은 은빛으로서, 세 인물의 상대적 위상과 성격적 차이를 이를테면 '금—은—동'의 위계적 구성 안에 드러내 보이는 것이다.

*66 고대 도시 테베가 투표에 의한 사법제도를 시행했다고 믿기는 어렵다. 역사적으로 입증된 것은 기원전 5세기 아테네의 사법제도에 있어서 살인과 반역 등 중죄에 대한 판결은 투표의 형식으로 이루어졌다는 사실이다. 여기서 소포클레스가 동시대의 정치·사회적 조건을 극중에 도입하는 것은 크레온과 오이디푸스의 갈등을 단지 극적 허구로 제시하는 데 멈추지 않고 그 갈등의 정치적 함의에 대한 당대 아테네 관객들의 인식을 유도하기 위한 극작법적 전략으로 읽힐 수 있다.

"당신이 곧 이 도시는 아니오! 나 또한 한 사람의 테베인이오" : 크레온의 항변은 기원전 5세기 아테네에서 빚어지는 〈오이디푸스 왕〉의 정치적 맥락을 형성한다.
© Photo Courtesy of Prague National Theatre

크레온	당신의 이 괴물 같은 격노를 언제나 멈출 거요?[*67]
오이디푸스	그대를 처형하여 질시의 대가에 대한 본보기를 세운 후에.
크레온	그렇게 완고해야만 하겠소? 날 믿지 못한단 말이요?
오이디푸스	마치 우둔한 자에게 말하듯 하는구나!
크레온	옳지 않은 짓을 하니 말이오.
오이디푸스	나를 돌아보아 옳은 일이거늘!
크레온	나를 돌아보면 부당한 일이오!
오이디푸스	그대는 반역자이니까!
크레온	당신의 판단이 그릇된 것이라면?
오이디푸스	그럼에도 불구하고 난 통치해야 한다.
크레온	통치가 아니라 폭정이겠지!
오이디푸스	테베여, 저 자의 말을 들어보라!
크레온	당신이 곧 이 도시는 아니오! 나 또한 한 사람의 테베인이오.[*68]
합창대장	제발 그만들 하십시오! 왕비께서 때마침 이리로 오십니다. 그분이 도우시사 두 분을 찢어놓는 이 쓰라린 갈등을 잠재우기를!

"그럼에도 불구하고 난 통치해야 한다."
© Photo Courtesy of Victoria & Albert Museum

*67 "괴물 같은"이라는 수식어는 단지 현 상황에서 극단의 처벌을 선고하는 왕의 부당함을 가리킬 뿐 아니라 오이디푸스의 성격과 극의 주제를 '교향악적'으로 드러내기 위한 수사적 장치가 된다. "괴물 같은 격노"는 앞서 티레시아스가 말한 "절제 없는 분노"는 물론, 더 앞선 합창대 노래의 "야만의 신"에까지 연결된다. 합창대 노래의 구절을 단지 하나의 전조로만 – 별도의 단위로 – 간주한다면, 티레시아스와 크레온과의 연속되는 두 갈등 장면에 반복되어 나타난 표현들은 오이디푸스의 분노에 사로잡히기 쉬운 성격이 실제로 극의 진행에 따라 증폭되고 있음을 무대 위에 형상화하고 있는 것이다. 이러한 분노의 증폭이 그야말로 '폭발'에 이르는 것은 이어지는 요카스타와의 대화 장면에서이다.

*68 이 대목에 크레온과 오이디푸스 사이의 갈등이 허구적 차원을 넘어 당대 아테네의 정치적 갈등을 함축하고 있음이 여실히 드러난다. 원래 단임 선출직인 참주의 직위를 페리클레스(Pericles)가 수차례 연임하면서 거의 종신직이 되어 가던 상황에서, 참주의 권한이 과도하게 강화되는 동시에 시민의 참정권이 약화되던 현상에 대한 시민사회의 우려가 있었다. 특히 아테네 시민권자들에게 전통적으로 부여되었던 일부 범죄로부터의 면책특권이 철회되고 중범재판의 표결 절차가 무시되기도 했다. 대신 입법·사법·행정 전반에 걸쳐 참주 개인의 결정권이 확대되었던 것이다.

이러한 정치적 환경 속에서, "당신이 곧 이 도시는 아니오"라는 크레온의 외침은 통치자인 자신을 국가와 동일시하는 전제군주의 혐의를 오이디푸스 – 그리고 현실의 페리클레스 – 에게 부여하는 정치적 항변이 될 수 있다. 그리고 "나 또한 한 사람의 테베인이오"라는 말은 전통적 시민권의 복원을 주장하는, 공연의 정황에 따라서는 '선동'이 될 수도 있는 발언이기도 한 것이다. 물론 이러한 현실적 맥락이 극적 맥락과 분리되는 것은 아니다. 시민계급을 포함한 민중 일반의 지지를 받던 페리클레스와 다르지 않게, 테베 시민들로부터 '구원자' 또는 '예언자적 왕'으로 추앙받는 존재인 오이디푸스가 자신이 능력과 미덕에 의해 단지 '추대' 받은 왕이라는 사실을 잊고 절대 권력을 부여받은 전제군주로 – '자신이 곧 테베'라고 – 스스로 오인하는 그리 어려운 일이 아닐 것이다. 여기에 그의 높은 자긍심이 더해져 자신의 판단과 권위에 대한 어떤 도전도 허락하지 않으려는 태도가 형성된 것은 아닐까.

현대 공연에 있어서 〈오이디푸스 왕〉의 정치적 해석은 오이디푸스를 폭군(tyrant)이나 대중을 현혹하는 선동가(demagogue)의 모습으로 종종 재현해왔다. 1차 세계대전 직후인 1920년 막스 라인하르트(Max Reinhardt) 연출의 베를린 공연은 전후 민주정부로 수립된 바이마르 공화국의 실정(失政)과 좌우 선동적 정치세력의 득세로 민주주의가 퇴색하던 당시의 정국에 대한 비판으로서 당대 정치인들의 모습을 오이디푸스의 전제군주적 성격에 투영했다. 그 선동세력 가운데 독일민족사회주의노동당(Nazi)이 있었고 아돌프 히틀러는 아직 지도부에 진입하지 않았지만 이 독재자의 등장을 이 공연이 예언적으로 선취했던 것으로 평가되기도 한다.

(요카스타 등장)*69

요카스타	남자 분들이 어찌 그리 분별력이 없으시오! 대체 무슨 일로 이렇게 다투신단 말이오? 역병으로 온 도시가 고통을 당하고 있는데 사사로운 싸움을 벌이다니 부끄럽지도 않으시오? 크레온, 제발 집으로 가오. 오이디푸스 당신은 어서 내전으로 드시오. 아무것도 아닌 일로 분란을 일삼지 말고.
크레온	내 누이여, 그대의 남편 오이디푸스께서는 두 극형 중 하나로 날 벌하는 것이 옳다고 생각하오. 추방 아니면 사형으로 말이오.
오이디푸스	사실이오, 요카스타. 내 목숨을 노린 음모로 인해 나는 그를 징치할 것이오.
크레온	그런 범죄에 내가 일점의 죄과라도 있다면 저주를 받아 죽어도 좋소.
요카스타	오, 오이디푸스여, 신들에 의지해 그를 믿으시오. 그가 신들 앞에 행한 충성의 서약을 존중하시고 나와 또 시민들을 위해 그리하시오.
합창대	왕이시여, 그리하소서. 우리 말을 들으시고 깊이 생각하소서.
오이디푸스	무슨 말을 들으라는 것인가?
합창대	크레온과 같이 연륜이 깊은 이를 존중하소서. 그는 신의 이름으로 한 서약에 매인 몸이니.
오이디푸스	그대들의 뜻을 분명히 말하라.
합창대	불확실한 이유로 인하여 우리 가운데서 친구를 저주하여 내치지 마옵소서.
오이디푸스	분명히 말하거니와 그대들의 소원은

	나 자신의 추방이나 죽음을 뜻하는 것이다.
합창대	아니오, 아니올시다!
	제신의 대변자 태양신께 맹세코
	내가 그런 생각을 했다면 형벌과 파멸이 내게 닥쳐오리다!
	아니오, 역병에 시달리는 우리의 땅이
	이미 내 가슴을 찢어 놓았나이다.
	이 상처에 새로운 아픔을 더하지 마옵소서.
오이디푸스	그렇다면 내 명예가 짓밟히고 내가 쫓겨나
	두 번을 고쳐 죽을지라도 그는 무사하리라.
	그러나 내 마음을 움직인 것은 그가 아니라
	그대들의 탄원이니, 그는 영원토록
	나의 증오를 피하진 못하리라.
크레온	마지못해 뜻을 굽히시는군요.
	하지만 일단 가라앉으면 분노의 기억이
	당신을 더욱 괴롭히리다.*70 격분하기 쉬운 성격은

*69 셰익스피어 시대의 영국과 마찬가지로 고대 그리스 연극에서는 여성인물의 역할을
     남성배우가 수행했음을 알아두자. 물론 그리스의 경우에 그러한 연극적 관행이 더욱
     용이했던 것은 그것이 가면극이었기 때문이다. 흥미로운 사실은 영국 르네상스 연
     극의 경우와는 달리 그리스 비극의 여성인물들은 일반적으로 그리 '여성적'이지 않
     다는 점이다. 오히려 남성에 비견될 정도로 성격의 선이 굵고 뚜렷하며 매우 강한 의
     지의 소유자들인 경우가 많다.
        요카스타 또한 그런 인물들 가운데 하나로 간주된다. 흔히 '비운의 여인'으로 생각
     되지만 이 극의 요카스타는 첫 등장의 대사에서부터 남성인물들을 압도하는 위엄을
     보이며 참혹한 운명을 받아들이는 퇴장 직전에 이르기까지 시종 굵고 강한 성격의
     선을 유지한다.

*70 크레온의 이 대사는 즉각적 맥락을 떠나 '예언적'이다. 이어지는 요카스타와의 장면
     에서 오이디푸스는 오래 전에 있었던 자신의 우발적 살인행위를 떠올리게 되는데 그
     살인의 원인은 다름 아닌 분노였고 그 살인의 기억은 잊었던 분노를 다시 살아나게
     하기 때문이다.

그 자신에 대한 분노를 더욱 삭이기 어려운 법.

오이디푸스 그래도 그것이 나라면 받아들일 수밖에!
당장 내 눈앞에서 사라져라.

크레온 나는 가오. 비록 당신의 그릇된 판단을 지고 가지만
시민들은 나를 알아줄 것이오.

(크레온 퇴장)

합창대 왕비시여, 왜 망설이시나이까?
어서 왕을 모시고 들어가소서.

요카스타 가기 전에 먼저 무슨 일이 있었는지 말해 주시오.

합창대 의심이 있었지요 —— 의미 없는 빗나간 말들이
사람들을 분노로 몰아가지요.

요카스타 두 분 모두 그랬소?

합창대 두 분 모두.

요카스타 무슨 말이었기에?

합창대 이로써 충분합니다. 우리의 고난을 생각할 때
이 일은 이대로 묻어 버리는 것이 좋을 것입니다.

오이디푸스 그대들의 현명한 충고가 내 분노를 꺾고
나를 비참하게 만들었도다!

합창대 오, 왕이시여, 제가 드린 말씀은
그리고 지금이라도 다시 드릴 말씀은 이것이니 ——
우리가 당신을 몰아낼 생각을 했다면 우리는
넋을 놓은 미치광이요 바보보다 우매한 자로소이다.
지금 테베는 가라앉고 있습니다.
풍랑을 헤치고 우리를 건지신 이가 당신이니
이제 다시 우리를 구하여 주소서.

요카스타	왕이시여, 이 불길 같은 분노의 원인을 나도 알아야겠소.
오이디푸스	내가 그대보다 더 존중하는 이가 어디 있겠소.
	그러니 말하리다. 크레온이 내게 악랄한 음모를 꾸몄소.
요카스타	그렇게 화를 내시다니, 대체 그가 어떤 일을 하였기에?
오이디푸스	내가 라이우스의 살인자라 하지 않겠소.
요카스타	그가 알아낸 사실이요, 누구로부터 들은 이야기요?
오이디푸스	교활한 예언자를 통해 한 말이오.
요카스타	그렇다면 두려워할 이유가 없소. 내 말을 들어보시오.
	그러면 예언의 재주가 인간의 운명에
	아무런 영향을 줄 수 없다는 것을 알게 될 거요.
	내 자신이 그 증거를 보이리다.
	그 옛날 라이우스가 아폴로의 신탁을 받았소.
	신으로부터 직접 들은 것은 아니지만
	사제들이 들려준 말은 그가 나에게서 아들을 낳지만
	그 아들이 그의 목숨을 앗아가리라는 것이었소.
	하지만 라이우스는 한 떼의 낯선 자들에게
	죽음을 당했다고 알려졌지요.
	아마 세 갈래 길이 만나는 지점에서라던가.
	그 아들로 말하자면 태어난 지 사흘째 되던 날
	라이우스가 그 발목을 꿰어 묶어
	절벽 아래로 던져버리게 했다오.
	그러니 아폴로 신의 뜻은 이뤄지지 않았소.
	그 아들이 라이우스를 죽인 것도
	라이우스가 아들에 의해 죽음을 당하는
	무서운 결말을 맞은 것도 아니니 ——
	예언의 목소리는 허공 속으로 사라진 것이오.
	그러니 예언자의 말에 대해서는 심려치 마시오.

신은 그 뜻한 바를 스스로 밝히시는 법이니.*71

오이디푸스   요카스타, 당신이 말한 한 가지 사실이
나를 두렵게 하고 내 영혼을 뒤흔들어 놓았소.

요카스타   아니, 무슨 말이 당신을 두렵게 했단 말이요?

오이디푸스   라이우스가 세 갈래 길에서 살해당했다 했소?

요카스타   그런 말이 있었지요. 지금도 그런 줄 믿고들 있소.

오이디푸스   거기가 정확히 어디요?

요카스타   포키스 지방에 있는 곳으로 돌리아로 가는 길과
델파이에서 오는 길이 만나는 지점이라 하오.*72

오이디푸스   그 일이 일어난 것은 정확히 언제요?

요카스타   당신이 테베의 왕관을 받기 바로 얼마 전이었소.

오이디푸스   오, 제우스여, 내게 무슨 운명을 주셨나이까?

요카스타   대체 당신을 짓누르는 두려움이 무엇이요?

오이디푸스   한 가지만 더 —— 라이우스에 대해 말해보시오.
당시 나이는 얼마였고 생김새는 어떠했소?

요카스타   키가 큰 분이었소. 머리는 희끗희끗해지기 시작했고
얼굴 생김새는 당신과 그리 다르지 않았지요.*73

오이디푸스   오, 신이여! 그렇다면 깨닫지 못하는 사이에
내가 스스로에게 저주를 퍼부었단 말인가?

요카스타   무슨 말씀이시오? 왜 이리 무서운 표정을 하시오?

오이디푸스   그 예언자의 눈이 먼 게 아니지 않을까 두렵소.
질문이 하나 더 있소. 그럼 더 잘 알게 될 거요.

요카스타   나 또한 두렵지만 내가 아는 것은 모두 말하리다.

오이디푸스   그는 혼자였소? 아니면 무장한 근위대와 함께였소?

요카스타   일행은 모두 다섯이었소.
왕께서는 마차에 타시고 왕의 깃발을 든 시종도 있었지요.

오이디푸스   아, 신이여! 선명히 떠오르는구나!

*71 그녀 자신의 체험으로부터 생긴 요카스타의 "예언의 재주"에 대한 불신은 비록 신탁 자체를 무시함으로써 신의 권위를 부정하는 것은 아니지만 신탁의 해석과 대변을 위임받은 사제 및 예언자들의 권위에 대한 전면적인 도전이 된다. 종교적 권위에 속박되지 않는 "인간 운명," 곧 자유로운 개인을 상정한다는 점에서 요카스타의 태도는 오이디푸스와 크게 다르지 않다. '모전자전'이라고나 할까. 아래에 이어지는 대사에서 요카스타는 "아폴로가 실패했다"는 대담한 말로써 인간이 신의 섭리마저 비켜설 수 있다는 생각까지도 내비친다. 그러나 그녀가 깨닫지 못하는 것은 그녀가 부인하는 이 모든 일이 실제로 성취되었다는 사실이다!

*72 이 "세 갈래 길"은 험난한 산악 지형으로 된 포키스(Phokis)에 위치해 있으며 델파이, 테베, 그리고 코린트 접경의 돌리아(Daulia)가 만나는 접점이다. '쪼개진 길' 또는 '진퇴양난의 길'(Cleft Way)이라는 이 길의 별칭이 말해주듯 산악 중턱을 깎아 낸, 절벽 위의 매우 협소한 길이기도 하다. 상징적으로 '세 갈래 길'은 모든 곳에 이를 수 있는 무한한 가능성이면서 동시에 어디에서 출발하건 이곳에 이를 수밖에 없는 '벗어날 수 없는 길'을 의미하기도 한다. 시간적으로는 과거와 현재와 미래가 만나는 빠져나갈 수 없는 운명의 접점을 표상하기도 한다.

이 "세 갈래 길"이라는 말은 오이디푸스에게 있어서 가장 지우고 싶은 기억, 또는 테베의 왕이 된 이후 통치의 분주함과 가정의 행복 속에 기억으로부터 사라졌던 과거의 우발적인 한 사건, 곧 젊은 시절 방랑길에서의 살인행위를 충격적으로 일깨웠을 것이다. 그 살해 현장이 눈앞에 선하게 펼쳐지는 가운데 자신이 찾고 있는 – 그리고 엄청난 저주와 함께 징벌을 약속한 – 라이우스의 살해자가 바로 자신일 수 있다는 끔찍한 가능성이 제기되는 순간부터 오이디푸스의 생각과 말은 한 걸음 한 걸음 살얼음판을 걷는 것과 같은 불안과 긴장, 두려움과 공포에 휩싸이게 된다.

이어지는 요카스타와의 대화에서 "두려움"과 "공포"라는 말이 몇 차례나 반복되고 있음에 유의하자. 실제 무대상에서도 살해사건의 보다 세부적인 정황이 드러나는 두 사람의 대화는 압도적인 불안과 공포의 분위기에 의해 지배될 것이다.

*73 아버지와 아들이니 당연한 일일 것이다. 이 대사의 극적 아이러니는 그것을 말하는 요카스타 자신은 – 그리고 물론 그 말을 듣는 오이디푸스도 – 너무나 명백한 그 연관을 깨닫지 못하고 있다는 것이다.

그 일을 테베에 알린 자는 누구였소?

요카스타 노예였소. 유일한 생존자였지요.

오이디푸스 그 노예는 아직도 왕궁에 있소?

요카스타 아니오. 그가 돌아온 직후 당신께서
돌아가신 왕의 자리를 이어받아 통치하시게 되었을 때
그는 내게 무릎을 꿇고 빌어 도시로부터 멀리
떨어진 곳으로 가서 양을 치게 해달라고 부탁했지요.
충직한 노예였기에 허락했소.[*74]

오이디푸스 그를 여기 다시 부를 수 있겠소? 즉시 말이오.

요카스타 그럴 수 있으리다. 그런데 왜 그를 만나려 하는 거요?

오이디푸스 이미 말했지 않소. 지금 더 이상의 말은 필요치 않소.
다만 그를 반드시 만나야겠소.

요카스타 그를 부르러 사람을 보내리다. 하지만 아내로서 묻건대
당신이 두려워하는 것이 대체 무엇이요?

오이디푸스 말하리다. 나를 엄습한 공포는 너무나 크오.
이를 소중한 당신께 아니면 누구에게 밝히겠소?
내 아버지는 코린트의 왕 폴리부스였소.
어머니는 왕비 미로페였고.
고향에서 나는 누구보다 높은 지위에 있었소 ──
그런데 어느 날 이상한 일이 일어났소.
지금 생각해 보면 그럴 이유가 없었는데
그땐 내 마음을 온통 빼앗기고 만 일이었지.
연회장에서 어떤 남자가 술이 잔뜩 취해서는
내가 내 아버지의 아들이 아니라는 말을 하지 않겠소.
화가 났지만 그날은 꾹 참고 있었소.
다음날 부모님께 가서 물었지.

그 분들은 그 말을 한 자에게 화를 내시며 아니라고 하셨소.

그래서 난 안심했지.

하지만 그 말은 점점 퍼져 나갔고

난 늘 불안한 마음을 떨칠 수가 없었소.[75]

그래서 신탁을 구하러 아무도 모르게 델파이로 갔지.

그런데 아폴로께서는 정작 내 물음에는 응답치 않으시고

다른 무서운 일을 내게 밝히는 게 아니겠소.

내가 내 어머니와 잠자리를 같이 하고

만인이 혐오와 공포로 바라볼 자식들을 낳을 것이라고.

[74] 그 유일한 생존자가 목격한 사실을 증언하기를 회피하고 몸을 숨긴 것은 라이우스의 살인자가 바로 스핑크스의 재난으로부터 테베를 구하고 왕위에 오른 새 왕이었던 까닭이었을 것이다. 권좌에 오른 이에게 도전을 하게 될 때 겪어야 할 고초, 또는 이 테베의 '구원자'를 무너뜨림으로써 다시 초래될 국난에 대한 우려 등이 그로 하여금 침묵과 은신을 선택하게 한 동기일 것이다. 하지만 결국 그는 오이디푸스의 부름에 따라 강제 연행되어 '최후의 증인'으로서 돌아오게 된다.

[75] 이 "불안"은 자신의 존재의 근원을 모르는데서 오는 실존적 불안이다. 개인의 정체성을 확보해주는 아마도 가장 중요한 요소는 유아기적 기억이 성인으로서의 기억 속에 자리 잡고 있는 인식적 연속성이다. 유아기의 기억, 곧 생부·생모에 대한 기억의 부재는 인식상의 불연속성을 초래하며 존재의 전체성과 안정성을 허문다. 기억의 부재는 인식적 결손일 뿐 아니라 존재의 '구멍'이 되는 것이다. 이러한 고아(孤兒)적 인식 내지는 실존적 불안이 긍정적 관점에서는 자유와 자존으로 보이고 지나치게 되면 과도한 자긍심 또는 오만으로 드러나는 오이디푸스의 성격적 기반을 이루고 있다.

또 내가 내 아버지를 살해하리라고.[76]
그러니 코린트로 돌아갈 순 없었소.
밤하늘 별들이 코린트로 가는 길을 가리키곤 했지만
그 잔인한 신탁이 이루어지도록
마냥 돌아갈 수는 없지 않았겠소.
그러니 어쩔 수 없이 정처 없는 방랑길에 오를 수밖에 없었소.[77]
그러다가 라이우스가 살해당했다는
바로 그 장소를 지나게 된 거요.
자, 요카스타, 이것이 진실이오 ──
세 갈래 길이 만나는 그 지점에 도달했을 때
깃발을 든 시종과 마차 위에 올라앉은
당신이 말한 비슷한 생김새와 나이의 남자를 만났소.
그런데 그들은 마구 폭력을 휘둘러
나를 길 밖으로 내치려는 게 아니겠소.
격노가 치밀어 올라 나는 날 밀치던 마부를 때렸소.
그랬더니 내가 그 옆을 지나가길 기다렸다가
마차 위의 남자가 날 죽이려는 듯
끝이 갈라진 막대기로 내 머릴 내리치는 게 아니요.
그 노인네는 응분의 보상을 받았지.
난 내 지팡이로 재빨리 되받아쳤고
그 노인은 마차 밖으로 떨어지면서 머리를 땅에 박고 말았소.
난 그들을 모두 죽여 버렸소![78]

*76 출생의 진실을 물었는데 그에 대해서는 "정작 응답치 않고" 대신 미래의 "무서운 일"
을 예고하는 신탁은 오이디푸스로 하여금 양부모를 친부모로 더욱 확정적으로 오인
(誤認)하게 한다. 소포클레스의 작품 일반에 나타나는 신탁은 – 비교하자면, 한 세대
앞선 비극작가인 아이스퀼로스의 작품에 나타나는 명징한 신탁들과는 달리 – 종종
애매모호한 성격을 띤다. 궁극적으로는 '진실'을 말하지만 듣는 자로 하여금 부분적
진실에 근거한 잘못된 전제를 가지고 행동하게 함으로써 뜻하지 않게 비극적 결과에
이르게 하는 것이다.

　문명사적으로 '애매모호한 신탁'이란 신탁 또는 종교적 계시가 절대적 진리를 담
보하는 종교적 사회로부터 이성과 합리적 사유에 의해 그것을 회의하게 되는 세속
적 사회로 이행하는 과도기의 특성이다. 이때 개인은 주어진 운명을 수용하는 수동성
에서 벗어나 운명을 피하거나 극복하려는 능동성을 지향하게 된다. "잔인한 신탁이 이
루어지도록 그냥 있을 순 없었던" 오이디푸스는 바로 이러한 인간적 능동성을 취함
으로써 운명에 저항하고 신적 권위에 도전하는 개인을 표상하게 된다.

*77 고향으로 돌아갈 수 없는 존재, 영원한 실향민, 도망자, 별을 보고 떠도는 방랑자 등
의 이미지는 비극적 주인공으로서의 오이디푸스가 구현하고 있는 또 다른 보편적
인간성의 요소이다. 물론 코린트를 고향으로 생각하는 것은 오이디푸스의 오인이며
그는 자신도 모르는 채 – 운명에 이끌려 – 진짜 고향 테베로 발을 옮기게 된다. 하지
만 고향에서 그를 기다리고 있는 것은 존재의 근원 – 어머니! – 와의 합일인 동시에 그
로 인한 파멸이다. 오이디푸스의 귀향은 모태로의 회귀 또는 퇴행에 다름 아니며 그
것은 곧 죽음을 의미하기 때문이다.

*78 이 살해 장면이 조용히 회고되고 객관적·서술적으로 묘사되는 것이 아니라는 점에
유의하자. 출생에 관한 의혹에서 비롯된 젊은 시절의 방랑을 불안과 공포 속에 무겁
게 더듬던 오이디푸스의 기억이 마침내 그 치명적인 살인현장에 이르자, 돌연 '기억'
의 모든 의식적 통제는 무너지고 과거와 현재 사이의 시간적 경계는 지워지고 만다.
'살인의 추억'은 살인자의 영혼에 각인되어 있다. 마치 흑백사진에 색채를 덧입히는
순간 정지된 화면이 살아 움직이는 듯한 착시현상처럼, 살해현장의 세부를 하나하나
되살리다가 살인을 불러일으킨 핏빛 감정이 일깨워지는 순간 오이디푸스는 십 수
년 전의 살해현장에 서 있는 자신을 발견한다. (다음 쪽에 이어짐)

하지만 그 노인과 살해당한 왕이 같은 인물이라면
이제 나보다 더 절망적인 궁지에 빠진 이가 누구겠소?
제신의 눈에 나보다 더 저주받은 이가 어디 있겠소?*79
테베인이건 외지인이건 이제 나를
제 집에 받아들이고 말을 붙이려 하는 자는 없을 것이오.
내 앞에 모두가 문을 걸어 잠글 것이오.
그리고 내 머리 위에 이 저주를 쌓아놓은 자는
다름 아닌 나 자신이니!
또한 내가 죽인 자의 침상을 내 손으로 더럽힌 것이 아니요!
그러고도 내가 사악하지 않다 하겠소?
그러고도 무죄하다 하겠소?

그럴 때, "때리고", "내리치고", "되받아치는" 폭력의 기억은 세월의 두께를 뚫고 현재의 오이디푸스의 몸을 사로잡는 살아있는 에너지가 되고, "그들을 모두 죽여 버렸소"라는 외침은 죄의식에 사로잡힌 범인의 비탄에 찬 자백이 아니라 폭력의 현장에서 날뛰는 살인자의 "격노"에 찬 절규가 된다(실제 무대 공연에서도 오이디푸스의 '자백'이 살인의 '재현'으로 연출되는 경우가 더러 있어 왔다).

이미 테레시아스나 크레온과의 갈등에서 드러나기도 했지만 이 '격노'는 비극적 주인공 오이디푸스에게 있어서 근원적인 어떤 것이다. 오이디푸스의 운명을 결정지은 이 근원적 감정은 '버려진 아이'의 무의식 안에 꿈틀대는 복수심의 폭력성이겠거니와, 그것이 이 세 갈래 길에서의 살인으로 분출된 것은 보다 구체적인 심리적 정황에 의해서이다. 그 정황을 조금 더 상세히 살펴보자.

출생의 의혹으로 실존적 불안에 시달리다가 델파이의 신탁을 통해 – 자의반 타의반으로 – '고향' 코린트로부터 추방당한 오이디푸스는 짐승과도 같은 존재로 전락한 심정이었을 것이다. 도시국가로부터의 추방이란 문명과 인간세계 밖으로 내쳐져 들개 같은 삶을 살아가야 함을 의미하는 것이며, 아비를 죽이고 어미와 짝을 맺는 것은 바로 짐승에 다름 아니기 때문이다. 그 예언의 성취에 대한 공포와 참혹한 운명을 예정한 신들의 부당함에 대한 원망과 분노를 안고 방랑길에 오른 그는 세 갈래 길에 이르러 어디로 가야할지 막막하고 참담한 심정이었을 것이다. 그러다가 마주친 라이우스 일행이 자신을 길 밖으로 – 그것도 폭력적으로, 그것도 한 걸음 비켜서면 절벽인 길에서 – 내몰려고 했을 때, 그는 속으로 '나는 아무데도 돌아갈 곳이 없는, 영원히 길을 헤매도록 저주받은 존재야. 이 길마저 내게서 빼앗으려 한다면 난 더 이상 물러설 곳이 없어'라고 외쳤을지 모른다. 그것만으로도 그는 격노에 차서 그들의 공격에 폭력으로 대응한다.

결정적인 것은 "마차 위의 노인" 라이우스가 "끝이 갈라진 막대기"(double-goad)로 오이디푸스를 내리치는 순간이다. 다른 영역본들에서는 '뾰족한 두 끝을 가진 막대기'(goad with two teeth), 또는 그냥 '지팡이'(staff)로 언급되는 이 막대기는 목축사회 고대 그리스에서 목자가 양을 몰 때 사용하는 막대기를 가리킨다. 말을 듣지 않고 길을 벗어나는 짐승을 때려 다잡는 도구인 것이다. 그러한 짐승 몰이용 막대기로 머리를 맞는다는 것은 그렇지 않아도 인간의 눈을 피해 달아나는 한 마리 짐승처럼 포키스의 깊은 산속으로 숨어든 오이디푸스의 절망과 수치감에 '이 짐승 같은 놈'이라는 모욕과 함께 최후의 일격을 가하는 것이나 다름없다. 이 순간 극도의 수치감에 몸을 떨면서 오이디푸스의 격분은 절정에 달한다.

그렇다면 라이우스 일행 다섯 명을 일거에 때려죽이는 그 엄청난 살의는 '난 짐승이 아니야, 난 인간이란 말이야'라는 필사적인 항변의 절규일지도 모른다. 역설적으로 그 인간됨의 항변이 결국 오이디푸스를 짐승으로 전락시키는 결정적 계기가 되고 만다. 그런 맥락에서 보면, 일찍이 합창대 노래에서 언급되었던 "야만의 신"은 다름 아닌 오이디푸스 자신, 또는 그의 뒤틀린 내면으로부터 분출되는 폭력성이 된다.

*79 왕으로서의 자신이 신과 테베의 이름으로 처단해야 할 살인범이 바로 자신일 수도 있다는 사실을 최악의 상황으로 받아들이지만, 더 깊은 "절망적인 궁지"와 더 큰 "저주"가 기다리고 있음을 이 시점의 오이디푸스는 깨닫지 못하고 있다. 그런 점에서 이 통탄 또한 극적 아이러니의 일부가 된다. 그 아이러니는 물론 자신의 출생에 대한 오이디푸스의 무지와 오인에서 비롯된다. 그는 여전히 코린트 왕과 왕비를 자신의 부모라 믿고 있는 것이다.

나는 마땅히 추방되어야 할 것이오.

그러나 고향으로 돌아갈 수는 없는 일.

내 부모님을 만날 수는 없소.

어머니와 결혼하고 나를 낳고 기르신 아버지를

죽이도록 예정된 운명이니까.

잔인한 신이여, 어찌 이 운명을 내게 지웠나이까?

아니, 아니지. 천상의 거룩한 권능이시여!

그런 날이 오지 않도록 해주시오!

그와 같은 죄악의 오점을 기어이 내게 남기시려거든

차라리 인간들의 눈을 피해 숨게 해 주시오!

합창대장　왕이시여, 당신의 말씀이 우리를 두렵게 합니다.

하지만 그 일을 목격한 자의 이야기를 듣기 전까지는

희망을 버리지 마소서.

오이디푸스　그것만이 내게 남은 유일한 희망이오.

그 양치기가 어서 당도하길 기다릴 뿐.

요카스타　그에게서 무엇을 기대한단 말이오?

오이디푸스　그의 이야기가 당신이 한 말과 일치한다면

내 무죄가 입증될 수도 있소.

요카스타　제가 드린 무슨 말을 뜻하시는 거요?

오이디푸스　당신 말로는 왕을 살해한 것이

한 무리의 도적떼라 그가 말했다지 않았소?

그가 여전히 "무리" 라고 말한다면 살인자는 내가 아닌 거지.

한 사람과 "무리" 가 같을 수는 없으니까 말이오.[80]

그러나 혼자 길을 가는 방랑자였다고 고쳐 말한다면 ——

그렇다면 유죄의 무거운 짐이 내게 지워지는 거요.

요카스타　하지만 확언컨대 그는 "무리" 라고 했소!

그걸 이제 와서 번복할 수는 없는 일!

나뿐 아니라 모든 시민이 함께 들은 이야기요.
왕이시여, 설혹 그가 자신이 이전에 한 말을
뒤집는다 해도 —— 그렇다 해도 전왕께서
예언에 따라 죽음을 당했다고 할 수는 없소.
분명한 것은 그를 죽일 운명을 타고난 그와 나 사이의 자식은
불쌍하게도 먼저 죽임을 당했으니까요.
그러니 나는 예언이나 계시 따윌 믿진 않으리다.[*81]

*80 그것이 애초부터 거짓 증언임을 알지 못한 채 이 실낱같은 희망에 오이디푸스는 자신의 운명을 건다. 자신의 "무죄를 입증할" 이 증언을 확보하고자 하는 노력이 오히려 자신의 목을 죄는 일이라는 사실을 지금의 오이디푸스로서는 알 길이 없다. 마지막에 연행되어 오는 그 '최후의 증인'이 자신의 이전 증언을 – 오이디푸스의 강압에 의해 – 번복함으로써 오이디푸스의 유죄와 종국적 파멸이 초래되기 때문이다. 최선의 인간적 노력이 종종 최악의 운명적 결과를 가져온다는 역설은 오이디푸스뿐 아니라 그의 삶에 연루된 모든 사람에게 공통적으로 적용된다는 사실이 극의 후반부에서 점차적으로 그리고 명확하게 드러나게 된다.

*81 요카스타의 생각은 흥분되고 혼란스러워 보인다. 이미 공언된 증언의 번복은 받아들일 수 없다는 주장은 짙어진 오이디푸스의 혐의를 애써 지우려는 노력일 것이다. 이미 한번 겪었던 상실, 곧 왕이자 남편을 또 다시 잃을 수는 없다는 생각이 그 노력에 투영되어 있음은 당연하겠지만, 실제로 현재의 남편이 전 남편의 살해자라면? 그러한 상황적·심정적 곤경 속에서 그녀의 생각은 엉클어지기 시작한다. 증언의 번복 가능성에 대한 언급으로부터 라이우스의 죽음에 관한 예언으로 그녀의 생각이 옮겨가는 것은 일차적으로는 오이디푸스를 살인자로 지목한 티레시아스의 예언을 부인해야 할 심리적 욕구에 의해서일 것이다. 그러나 예언 일반에 대한 그녀의 불신의 근거로서 라이우스에게 내린 자식에 의한 죽음이라는 신탁이 이루어지지 않았음을 – 정확히 말해서 그 자식이 "먼저 죽임을 당했음"을 – 확신하는 가운데, 자신의 아들에 의해 목숨을 잃은 것이 아니라면 라이우스의 살해범이 오이디푸스라는 개연성이 상대적으로 더 높아짐을 깨닫는다. 오이디푸스가 진정 범인이라면? (다음 쪽에 이어짐)

오이디푸스	그러는 것이 현명한 일일지도.
	그래도 그 양치기는 불러오도록 하오.
	그마저 소홀히 할 수는 없소.
요카스타	당장 그리하리다. 하지만 이제 내전으로 드셔서
	마음을 좀 가라앉히도록 하시오.*82

(오이디푸스와 요카스타 함께 퇴장)

합창대1	내 삶의 시작과 끝이
(송가1)	거룩한 겸손의 말과 행동으로 이루어지게 하소서.
	올림푸스의 제신이 관장하는 천상의 법도가 있으되
	필멸의 인간은 그 법도의 유래를 알지 못하도다.
	그러나 인간의 눈으로부터 가리어진
	그 법도의 권능은 사라지지 않나니
	신이 그 권능 안에 활보하고 있음이라.
	신은 불로불사의 존재라.*83

그렇다면 현재의 남편에게는 추방의 길밖에 없다. 그리고 그가 그토록 두려워하는 부친 살해와 어머니와의 혼인이라는 신탁에 다시 노출되지 않겠는가? 따라서 요카스타가 "믿지 않으려는 예언이나 계시"는 최종적으로는 오이디푸스에게 내려진 저주의 신탁이 되며, 그것의 성취 가능성을 그녀가 부인하는 것은 – 전 남편의 살해자로 드러난다 하더라도 여전히 사랑하는 – 오이디푸스를 그 두려움으로부터 보호하기 위함이 된다.

왕으로서 존경하고 지아비로서 존중하는 모습은 뚜렷이 제시되고 있지만 오이디푸스를 향한 요카스타의 사랑은 이 극 전반에 걸쳐 직설적으로 드러나지는 않는다. 하지만 전 남편의 살해자를 보호하려 드는 모습에서 그녀의 심중을 가늠해볼 수는 있다. 자신이 낳은 아이를 비록 불길한 신탁을 받은 남편의 뜻에 따라 버리는데 동의는 했으나 젖먹이 아이를 자신의 가슴으로부터 떼어내는 일은 젊은 어머니 요카스타에게 너무나 고통스러운 일이었을 것이다. 남편의 목숨을 구하기 위해서라고는 하지만 – 신화에 따르면, 동성애자인데다 세도가인 용사가문과의 정략적 혼인을 통해 복위를 도모한 왕자였던 까닭에 – 그리 친밀하지 않았을 부부관계를 위해 자신의 핏덩이를 내놓아야만 했던 요카스타의 가슴에는 피멍이 들었을지도 모른다. 라이우스와 요카스타 사이에는 원망과 어쩌면 혐오의 감정까지도 있었을지 모른다.

"제발 마음을 좀 가라앉히시오"
© Photo Courtesy of Prague National Theatre

상대적으로 새 남편과의 원만하고 행복한 결혼생활은 무엇보다 요카스타를 대하는 오이디푸스의 극진한 언사와 태도에 잘 반영되어 있다. 오이디푸스에 대한 요카스타의 존경과 애정은 그가 살인의 혐의를 받게 된 위기의 순간에 그가 받은 신탁의 내용이 알려짐으로써 더욱 강한 연민의 감정으로 더해질 수도 있다. 이 '훌륭한' 남편은 자신의 젖가슴으로부터 고통스럽게 찢겨 나간 어린 아들과 '똑같이' 아비를 죽일 운명을 타고난 것이다. 그 참혹한 운명의 굴레 안에서 오이디푸스와 죽은 – 그렇게 믿는 – 아들은 하나가 된다. 하지만 그 둘이 정녕 같은 존재임을 그녀가 어떻게 알 수 있으랴!

*82 "마음을 가라앉히자"는 말은 살인혐의와 신탁의 '접근'에 충격을 받은 오이디푸스에게는 물론 극심한 심정적 혼란을 겪고 있는 요카스타 자신에게 스스로 이르는 말로 보아야할 것이다.

*83 전왕의 살해범을 찾는 비교적 '단순명료한' 사건이 티레시아스의 수수께끼 같은 예언, 왕과 크레온의 반목, 왕 자신의 혐의, 나아가 라이우스와 오이디푸스 각각에게 주어진 신탁의 내용들로 혼미해지는 가운데, 합창대는 서서히 이 사건이 인간의 지혜, 곧 오이디푸스와 같은 '만인 위에 뛰어난 인간'의 지혜로도 풀 수 없을 뿐만 아니라 도리어 그러한 뛰어난 지혜가 "천상의 법도"를 보는데 장애가 됨을 깨닫기 시작한다. 단순한 살인 '미스터리'의 해결이 아니라 그 사건 안에 감춰진 궁극적인 신비(mystery)를 발견하는 일은 "거룩한 겸손"을 통해서만 가능하다는 것이다. 이 '겸손'의 강조는 이어지는 노래들에서 – 오이디푸스가 표상하는 – 뛰어난 지혜의 인간이 저지르는 '오만'에 대한 경계와 '불경'에 대한 단죄로 발전한다.

합창대 2 (답송 1)	오만은 폭군을 낳나니 부와 권력에서 비롯된 오만은 지혜와 절제에 굴복하기엔 너무나 큰 것이라. 오만은 인간을 세계의 정상에 올려놓고는 다음 순간 그를 멸망의 나락에 떨어뜨리도다.[84] 그 밑바닥에서 그는 살아갈 수도 도망칠 수도 없나니. 그러나 신들이여 이 도시를 구하려는 필사의 노력을 저버리지는 마소서. 신들이여 우리를 보호하소서!
합창대 1 (송가 2)	말과 행위가 오만으로 가득한 자 정의의 여신을 두려워 않고 오만 가운데 생의 행로를 걷는 자 성소를 경외치 않는 자 —— 그런 자는 참혹한 파멸에 떨어지게 하소서! 섭리를 거스르는 그의 오만이 응분의 보상을 받게 하소서! 욕된 이득을 찾는 자들, 거룩한 것들에 난폭한 손을 대는 자들, 불경의 행위를 마다 않는 자들 —— 그들 가운데 누가 신의 분노를 피할 수 있으리오? 그런 행위가 세상의 명예를 얻는다면 어느 누가 신들의 성스러운 춤에 참여하리오?[85]
합창대 2 (답송 2)	신들의 예정이 이루어지지 않는다면 세상의 거룩한 중심 아폴로의 신전이 어찌 인간의 경배를 받으리오? 올림푸스의 최고신 제우스의 사원마저 인간에게 멸시받지 않으리오? 권능의 제우스여, 만물의 위대한 통치자여, 이 땅을 굽어보소서! 당신의 신탁은 이제 경멸의 대상으로 전락하고

인간들은 아폴로의 능력을 부인하고 있나이다.

신들에 대한 숭앙이 이 땅에서 사라지고 있나이다.*86

*84 아리스토텔레스가 지적했듯이 오이디푸스의 비극적 과오(*hamartia*)는 바로 오만 (*hubris* : pride)이다. 물론 그의 오만은 정신적 허영에서 출발하는 단순한 '교만'과는 달리 이 세상에 홀로 서야 하는 고아의식과 그렇게 혼자 힘으로 일어섰다는 자긍심 에서 비롯되는 정신적 자질이다. "정상에서 나락으로"라는 구절은 – 이 작품은 물 론, 절대적 군왕의 위상에서 광인과 거지의 신세로 전락하는 〈리어왕〉의 경우와 같 이 – 주인공의 운명이 극에서 극으로 수직 하강하는 비극적 행동(tragic action)의 전 형을 제시한다.

*85 디오니소스 숭배제의에서 유래된 '성스러운 춤'을 우주의 질서를 상징하는 '신들의 춤'으로 확장한 비유이다. 하지만 그러한 의미의 확장은 원래 디오니소스 숭배에 함 축된 광란과 각성, 파괴와 창조의 동시성을 '순화'시켜 다만 조화와 균형만을 강조하 는 결과가 된다. 여기서 합창대는 디오니소스가 표상하는 근원적·본능적 생명력보다 는 '올림푸스'에 의해 구현되는 위계적 질서에 경도하고 있다.

*86 합창대에 의해 직접 거명되지는 않으나 "신탁을 경멸하고 아폴로의 능력을 부인"하 는 것은 분명 오이디푸스와 요카스타를 가리킨다. 테베에서 "신들에 대한 숭앙"의 쇠 락을 가져오는 자는 다름 아닌 왕과 왕비라는 것이다. 다른 여러 경우와 마찬가지로 이 대목 역시 극적 맥락과 아테네의 동시대적 맥락이 중첩되는 부분이다.

고대 역사학자들에 의하면, 아테네는 종교 중심적 부족공동체가 세속적 사회인 도시국가로 통합·발전되는 과정에서 일찍이 제정분리가 이루어졌을 뿐 아니라, 기원 전 6세기 중반 이후 페리클레스 시대에 이르기까지 정치권력이 종교적 권위를 지속 적으로 약화시켜 왔으며 사회일반의 인식에 있어서도 종교적 영향력은 급격하게 감 소되고 있었다. 그러한 사회적 과정을 부정적인 시각으로 지켜보던 보수적 관점이 극중에서 신앙의 쇠락을 한탄하는 – '원로' 시민으로 구성된 – 합창대에 의해 대변되 고 있다면, 그들이 우려의 대상으로 보는 오이디푸스와 요카스타는 아테네의 '탈종 교화' 또는 '세속화'를 긍정적으로 받아들이던 진보적 관점을 대변하는 것으로 볼 수 도 있을 것이다.

대화와 노래 3

EPISODE & STASIMON 3

코린트에서 온 목자를 만나는 오이디푸스, 두 딸과 왕비 요카스타

오 아들이여, 그대의 모친은 누구인가?
그대를 목신 판에게 낳아준 산의 정령,
영원히 늙지 않는 님프인가?
아니면, 언덕진 초원을 다정히 거니시는
아폴로께서 그대의 아버지였던가?

킬레네 산의 정상을 다스리는
헤르메스의 아들이신가?
헬리콘 산에서 님프로부터 그대를 받아든
디오니소스님이 그대의 아버지인가?

- 합창대의 노래 중 -

장면

같은 곳. 테베의 왕궁 앞 광장.

(요카스타, 월계수 화환과 향로를 든 시녀와 함께 등장)*87

요카스타   테베의 원로들이여, 시민들이여
나는 신들의 제단으로 나아갈까 하오.
이 화환을 바치고 이 향불을 피워 예를 드릴까 하오.
온갖 공포가 오이디푸스를 사로잡고 있어
그분의 판단력은 흐트러지고 말았소.
과거를 통해 미래를 읽어내려 하지 않고
공포를 말하는 입술들에만 귀를 기울이고 있소.*88
내 말이 그의 마음을 진정시키기엔 역부족이니
가까이 계신 아폴로 신이여! 당신께 향합니다.
이 제물을 드리는 당신의 탄원자를 맞아 주소서.
우리에게 구원과 평화를 허락하여 주소서.
이 배의 선장인 오이디푸스가 두려움에 휩싸임으로
우리 모두가 공포의 노예가 되었나이다.

(침묵 속의 기도. 코린트에서 온 목자 등장)*89

코린트의 목자 여보시오, 오이디푸스 왕의 궁전이 어딘지
가르쳐 주시겠소? 아니, 그보다 왕께서 지금
어디에 계신지 가르쳐 주시는 게 더 좋겠소.
합창대장   저 곳이 바로 왕궁이고 왕께서는 내전에 계시지만
여기 계신 분이 그분의 자식들의 어머니
그분의 아내 되시는 분이오.

*87 앞서 라이우스의 살해범을 찾아내고 역병에 처한 테베를 구하기 위해 신의 현현을 부르짖으며 기원하던 합창대 노래의 정점에 아폴로가 아니라 그의 대리인을 자임하는 – 역설적으로 그의 자리를 찬탈하는 – 오이디푸스가 등장했듯이, 경배와 숭앙이 사라져가는 시대를 통탄하고 '신앙의 적'들을 탄핵하는 노래 말미에 바로 그 탄핵의 대상인 요카스타가 등장하는 것은 단순히 우연의 일치가 아니다. 더 놀라운 것은, 기도 대신에 자신의 생각과 행동을 따르라는 명을 내렸던 오이디푸스와는 달리 요카스타는 "예언과 신탁을 믿지 말라"던 자신의 말을 까맣게 잊어버린 듯 신탁을 받기 위한 탄원과 기도의 표식인 월계수 화환과 향불을 들고 등장한다는 점이다.

*88 이 말을 마치고 요카스타는 궁전 앞 광장 중심에 위치한 작은 제단 앞에 탄원의 화환을 놓고 향로에 불을 붙인 다음 기도하기 시작한다. 피어오르기 시작한 향불의 연기가 기도가 진행되는 동안 서서히 무대 전체를 뒤덮기 시작하는 광경을 시각적으로 떠올려볼 필요가 있다.

*89 퍼져 나는 연기가 이제 요카스타와 시민들을 완전히 감싸고 있다. 아폴로의 현현을 염원하는 기도가 침묵 속에 진행되고 사방은 연기가 만들어낸 자욱한 안개로 뒤덮인다. 어둠과 미망의 세계에서 인간들은 진리의 한 줄기 빛, 태양신의 햇살을 기다리는 것이다. 그러나 이 미망을 뚫고 나타나는 것은 태양신 자신도, 그의 뜻을 소리쳐 전하는 예언자도, 그렇다고 기도자의 마음에 직접 주어진 계시도 아닌, 볼품없는 한 노인에 불과하다. 요카스타나 함께 기도하던 시민들에게 이 노인이 버려진 아이 오이디푸스를 코린트 왕에게 양자로 바친 목자라는 사실은 물론, 이 미미한 존재가 궁극적으로는 아폴로의 대리인이라는 생각은 추호도 들지 않을 것이다. 그럼에도 불구하고 그가 – 자신의 뜻과는 무관하게 – 참으로 '아폴로의 전령'이라는 사실을 관객이 깨닫게 되는 것은 오이디푸스의 비극적 운명이 전모를 드러내고 나서이다.

　현대 공연에서라면 이 장면에서 노인의 도착이 아폴로의 상징적·우회적 현현임을 드러낼 수 있는 무대장치를 충분히 생각해볼 수 있다. 기도하는 군중을 뒤덮고 있는 자욱한 연기를 향해 그들의 기도에 응답하듯 – 태양신 아폴로의 – 한 줄기 빛이 쏘아지고 그 빛을 등지고 이 노인이 무대 밖으로부터 등장한다고 상상해보자. 후광을 받아 무대 위로 길게 드리워지는 그림자는 인간보다 큰 존재의 다가옴, 곧 신의 도래를 예기하게 할 것이다. 하지만 노인이 무대에 가까워 올수록 그림자의 길이는 축소되고 마침내 그가 등장하는 순간 '신의 그림자'는 사라지고 미미한 한 인간의 육신이 그 모습을 드러내면서 한편으로는 실망과 다른 한편으로는 이 미천한 양치기 차림의 노인을 통해 들려올지 모르는 '성스러운 목소리'에 관객의 눈과 귀가 쏠릴 것이다. 그래도 육신의 귀로만 듣는다면 노인의 목소리는 하잘 것 없고 어쩌면 경망스럽기까지 하겠지만, 영혼의 귀를 연다면 델파이로부터 울려오는 아폴로의 목소리를 듣게 될 것이다!

코린트의 목자	그와 같은 분의 아내 되신 이와 그 자손들에게
	신의 축복이 있기를!
요카스타	친절하신 말씀이오. 신의 축복이 노인께도 함께 하길 ——
	그런데 그대는 누구며 무슨 소식을 가져왔는지?
코린트의 목자	당신의 남편과 그 집안에 복된 소식이오.
요카스타	무슨 소식이요? 누가 그대를 이리로 보냈소?
코린트의 목자	저는 코린트로부터 왔소이다.
	제가 가져온 소식은 큰 기쁨의 소식이지요.
	비록 그 기쁨은 슬픔을 함께 잉태한 것이긴 하지만.*90
요카스타	기쁨과 함께 슬픔이라니 그 모호한 말의 뜻이 무엇이오?
코린트의 목자	지금 코린트에서는 오이디푸스님을 새 왕으로
	추대하는 절차가 이루어지고 있습니다.
요카스타	아니 폴리부스 왕께서 더 이상 통치하지 않으신단 말이요?
코린트의 목자	더 이상 아니지요, 그분은 이제 무덤에 묻히셨으니.
요카스타	(시녀에게) 얘야, 어서 왕께로 가서 이 소식을 아뢰어라 ——
	신탁이여, 너는 지금 어디 있느냐?*91
	돌아가셨다는 이 왕이 바로 오이디푸스께서
	자신이 죽일까 두려워 피해 다녔던 그 분이거늘
	그가 죽었으되 오이디푸스가 아니라
	운명의 여신에 의해 숨을 거두셨도다.

(오이디푸스 등장)

오이디푸스	경애하는 나의 아내 요카스타여
	무슨 일로 나를 불러내었소?
요카스타	저 사람의 말을 들어 보시오.
	그리고 그 모든 신탁들이 어떻게 되었나 보시오.

오이디푸스	저 사람이 누구요? 내게 무슨 할 말이 있다는 거요?[92]
요카스타	코린트에서 온 자라 하오.
	당신의 부친 폴리부스 왕께서 돌아가셨다는 소식을 가지고.
오이디푸스	무슨 말인가? 그대가 직접 말해보라.
코린트의 목자	다시 말할 것이 없소이다.
	폴리부스 왕께서는 돌아가셨나이다.
오이디푸스	반역이 있었더란 말인가? 아니면 병환으로?
코린트의 목자	사소한 병도 노인에게는 치명적이지요.
오이디푸스	불쌍한 아버지! 병환으로 돌아가셨단 말이냐?

*90 크레온이 델파이로부터 돌아와 신탁을 전하며 하는 말과 동일하게 이 극의 모든 '소식'은 이중적이다.

*91 당대의 – 적어도 보수적 성향의 – 아테네 관객들에게 분명 이 말은 신성모독에 다름 아닌 충격적인 발언이었을 것이다. 그 충격은 물론 무대상의 합창대의 반응에서 즉각 발견될 것이다. 조금 전까지도 인간의 무력함을 인정하고 아폴로 앞에 무릎을 꿇었던 요카스타는 예언의 한 끝머리가 빗나간 것만으로도 당장 제단으로부터 몸을 돌려 신탁의 무위함을 경멸조로 선언한다. 합창대가 앞의 노래에서 통탄하고 단죄했던 '불신앙'의 모습을 여실히 드러내는 것이다. 물론 아테네의 진보적 시민들에게는 요카스타의 말이 환영할만한 세속주의(secularism)와 회의주의(scepticism)의 통쾌한 선언으로 들렸을지 모르지만.

*92 유년 시절 이전의 일이라 오이디푸스의 의식적 기억 어디에도 존재하지 않을 노인이지만 '누구냐'는 단순한 사실적 질문을 사이에 두고 마주하는 두 사람의 시선 속에는 그 이상의 무엇이 오고가고 있을지도 모른다. 운명적 교감이랄까? 이 노인에 의한 어린 오이디푸스의 '구출' 자체가 – 자신에게 내려진 신탁을 피하려던 라이우스의 노력을 무력화하는 – 섭리에 의한 것이라면 이 노인은 벌써부터 신의 대리인이었던 셈이다. 나아가 그가 지금 가져오는 소식이 결국 오이디푸스의 운명의 전모를 드러내는 계기가 된다는 사실은 더더욱 이 노인을 – 자신의 의지나 인식과는 무관하게 – 신탁 성취의 매개자로 만든다. 어쨌든 오이디푸스에게 이 노인과의 만남은 '살아 있는 과거'와의 첫 조우인 셈이며, 알듯 모를 듯 웃음을 띠고 있는 노인의 눈빛에서 오이디푸스는 친밀하면서도 불길한 느낌을 받을지도 모른다.

코린트의 목자	노령에 병환이 겹쳐서이지요.
오이디푸스	아, 그리 되었더란 말이지!
	그렇다면 요카스타, 내가 부친을 죽이리라는 신탁을 내린
	아폴로의 신전도 예언자의 새들도 모두 헛된 것.
	아버지는 돌아가시고 땅에 묻혔으나
	나는 내 칼을 빼어 들지 않고 여기 있으니.
	설혹 나를 잃은 슬픔에 부친이 돌아가신 것이라 해도
	그로 인해 나를 살인자라 칭할 자가 있겠는가?
	그러니 부친에 관한 그 신탁들은 허사로다
	이제 부친께서 그들을 무덤으로 함께 가져 가셨으니.
요카스타	신탁 따위에 괘념치 마시라고 이미 말씀드리지 않았소.
오이디푸스	그랬었지. 하지만 두려움이 날 휘청거리게 했소.
요카스타	이제 두 번 다시 생각할 필요도 없게 되었소.
오이디푸스	그러나 어머니와의 잠자리는 아직도 날 두렵게 하오.
요카스타	왜 두려워해야 하오?
	인간의 삶은 우연에 의해 다스려지고
	예정된 운명이란 미신에 지나지 않는데 말이요.
	아니오, 삶은 자신의 뜻대로 최선을 다해 살아가는 것이오.[93]
	어머니와 결혼하리라는 두려움에 사로잡히진 마시오.
	많은 남자들이 그런 두려움을 가졌으되
	그렇게 이루어지는 것은 다만 꿈속에서 뿐이라오.
	아예 그것을 생각지도 않는 사람이
	가장 행복한 삶을 사는 사람이오.[94]

[93] "운명"보다는 "우연"을, 신의 뜻보다는 인간 "자신의 뜻"에 우선권을 부여함으로써,
신탁의 절대성에 대한 부인 내지는 회의가 인간의 자율적 사유와 주체적 행동의 전
제조건임을 명확히 드러내는 구절이다. 종교의 절대적 윤리와 인간 운명의 필연성을

개인적 윤리의 상대성과 인간 존재의 우연성으로 대체하는 이러한 '패러다임의 전환'은 기원전 5세기의 아테네 사회에서 전통적인 신본주의가 새롭게 출현하던 – 그리하여 다음 세대 철학자 프로타고라스(Protagoras)의 "인간은 만물의 척도"라는 선언(기원전 400년경)으로 결정화되었던 – 인본주의에 자리를 내주던 역사적 과정을 함축하고 있는 것이다.

*94 프로이트의 '오이디푸스 콤플렉스'라는 개념이 성립되는 지점이다. 실제로 프로이트는 이 작품에서 자신의 정신분석학 이론에 관한 많은 영감을 받았다. 수차례 이 작품을 희곡으로 읽기도 했지만 특히 그가 25세 되던 해인 1881년 파리(Paris)에서 보았던 한 공연에 대한 강렬한 인상이 그의 초기저작에 나타나는 '오이디푸스 콤플렉스'의 단초가 되었다고 전해진다. 프로이트적 관점에서 보면, 오이디푸스의 이야기는 인간 존재의 근원적 소외와 그것의 '봉합'으로 이루어지는 인간의 정신적 성장과정에 대한 우화이자 그와 같은 성장에 실패한 개인에 대한 기록이 된다.

프로이트는 자궁에 착근하여 양수를 유영하는 태아의 경험을 어떠한 균열도 없이 존재의 근원과 합일의 상태를 이루고 있는 "대양적 감정"(oceanic feeling : 존재의 시원인 바다와 일체를 이루는데서 오는 완전한 충족감)으로 특징짓고, 태아의 출생은 이 충족적 존재 상태로부터의 소외를 야기한다고 말한다. 하지만 출생 이후에도 아이가 어머니의 젖꼭지에 매달려 있는 한, 대양적 감정은 일시적으로 회복되고 부분적으로 지속된다. 그런 맥락에서 어린 오이디푸스의 버려짐은 태아의 출생 또는 이유기(離乳期)적 체험에 해당하며 모태 – 자궁과 유방 – 로부터의 고통스러운 분리를 의미한다(그런 의미에서 어머니는 고향이며 모든 인간은 실향민이다!). 특히 이유기의 분리는 종종 아버지라는 제 3자의 '강압'에 의해 이루어지는데, 아이에게 이 경험은 아버지를 모체를 두고 다투는 경쟁자로 설정하게 한다. 이 강압적 분리 이후 아이는 계속해서 모체와의 재결합 – 자궁으로의 회귀 – 을 추구하지만 그 과정에서 아버지의 권위와 맞서게 된다. (119쪽에 이어짐)

"많은 남자들이 그런 두려움을 가졌으되 그것은 다만 꿈속에서 이루어질 뿐이라오" : 어머니, 그 영원한 고향!
© Photo Courtesy of Guthrie Theater

오이디푸스	나를 낳은 이가 돌아가셨다면
	당신의 지혜로운 말을 받아들이겠지만
	아직도 살아 계신데 내 어찌 두려움에 떨지 않을 수 있겠소?
요카스타	그래도 부친의 서거에 당신의 짐이 덜어지지 않았소?
오이디푸스	큰 짐이 덜어졌소.
	하지만 살아 계신 분으로 인해 두렵기는 마찬가지요.
코린트의 목자	아니, 당신을 두렵게 하는 사람이 대체 누구란 말이요?
오이디푸스	폴리부스의 왕비 되시는 미로페를 말하는 것이오.
코린트의 목자	그 분의 무엇이 당신을 두렵게 한단 말이요?
오이디푸스	신들로부터의 무서운 예언이 있었소.
코린트의 목자	무슨 예언인지 알 수 있을까요?
	밝힐 수 없는 비밀인가요?
오이디푸스	비밀이랄 것도 없소.
	오래 전에 받은 아폴로의 신탁은
	내가 내 어머니와 잠자리를 같이 하고
	아버지의 피로 내 손을 더럽히리라는 것이었소.
	그게 내가 지금까지 코린트를 떠나 살게 된 이유요.
	다행히 운이 승하여 이 자리에까지 올랐지만 ——
	때로는 부모님이 그립기도 했소.
코린트의 목자	그 신탁을 두려워하여 코린트를 떠났단 말이요?
오이디푸스	어머니와의 패륜 뿐 아니라 아버지의 피를 흘린다니 ——
코린트의 목자	왕이시여, 제가 좋은 소식을 전하러 여기에 온 것은
	당신께 대한 내 우정 때문이니
	그 두려움도 내가 없애 드리리다.
오이디푸스	정녕 그리한다면 그대가 받을 보상도 곱절이 되겠지만 ——
코린트의 목자	사실 제가 여기까지 먼 길을 온 것은
	당신이 코린트로 돌아오게 될 때

내가 받을 보상 때문이기도 하지요.[*95]

오이디푸스　　그러나 난 내 부모님께로 돌아가지 않소.

코린트의 목자　왕이시여, 확언컨대 당신은 모르십니다.

세 갈래 길에서 마주친 오이디푸스와 라이우스의 싸움은 바로 모체를 되찾기 위한 부권과의 투쟁을 상징한다. 이것은 부자간의 성적 투쟁으로도 규정될 수도 있는데, 그럴 경우 라이우스가 오이디푸스의 '머리'를 내리치는 것은 ― 사회적인 맥락에서는 '머리를 쳐드는' 새로운 세대의 출현에 대한 기성세대의 억압이지만 ― 아들의 성기에 대한 거세의 위협이 된다. 프로이트가 말하는 정상적인 자아 형성은 이 투쟁단계에서 아들이 아버지의 권위를 인정하고 자신의 추구를 모체의 대체물로 전환시킴으로써 가능해진다. 그러나 오이디푸스의 경우는 최대의 적인 아버지를 제거하고 그토록 원하던 자궁으로의 회귀를 이룬 '비정상적' 케이스이며, 바로 그 비정상성을 통해 오이디푸스의 이야기는 인간 존재의 근원적 소외와 그 소외를 극복하기 위해 추구하는 '금지된' 욕망을 전면적으로 구현하게 된 것이다.

그러나 요카스타의 말대로 "꿈속에서만 이룰 수 있는" 어머니와의 결합을 현실에서 성취한 대가는 죽음이다. 그것은 근친상간을 보편적 금기로 하고 있는 인간사회의 제재 때문이기도 하지만 '자궁으로의 회귀'란 프로이트적 관점에서 보면 궁극적으로 개체적 생명의 퇴행 또는 소멸을 의미하기 때문이다.

[*95] 물론 이 늙은 목자는 코린트 왕실의 공식사절도, 더구나 아폴로의 계시를 받은 예언자도 아니다. 실상 그가 코린트의 공식사절을 앞질러 테베로 온 것은 폴리부스 왕의 죽음과 오이디푸스의 왕위 승계라는 "슬픔을 잉태한 기쁨"의 "좋은 소식"을 전할 뿐더러, 자신이 어린 오이디푸스를 폴리부스 왕에게 양자로 바친 '은인'임을 밝힘으로써 '곧잘로' 받게 될 보상을 바라는 지극히 사적인 이윤 추구의 동기에서였을 것이다. 그것이 엄청난 비극적 결과를 가져오리라는 것을 꿈에도 알지 못하고 노인은 신이 나서 소식을 전하고 자랑스럽게 오이디푸스의 출생의 ― 일부에 불과한 ― 비밀을 밝힌다.

이러한 미미한 개인의 사소하기 짝이 없는 동기가 만인 위에 뛰어난 영웅의 몰락을 초래한다는 것은 얼마나 놀라운 사실인가! 그리고 얼마나 삶의 진실에 가까운가! 인간의 운명이란 우연적 계기에 의한 것이라는 요카스타의 말대로라면 이 노인의 도착도 일개 우연에 지나지 않을 것이다. 하지만 그를 통해 밝혀지는 사실들이 오이디푸스의 목을 죄는 운명의 사슬이 되는 것은 노인 자신은 우연적 존재로 이곳에 서 있지만 그를 보낸 것은 '배후'의 아폴로가 관장하는 필연성에 의한 것임을 말해준다.

오이디푸스	내가 모른다? 뭘 말이요? 어서 말해 보시오.
코린트의 목자	그런 이유로 당신이 코린트를 떠난 것이라면 ——
오이디푸스	아폴로의 신탁을 어찌 두려워하지 않을 수 있겠소?
코린트의 목자	당신 부모님에 대한 범죄로 인해서 말이지요?
오이디푸스	그 두려움이 날 끝없는 불안 속에 살게 해왔소.
코린트의 목자	그렇다면 당신의 두려움은 헛된 것이라 말하겠소.
오이디푸스	어째서? 내가 그분들의 자식이 아니고
	그분들이 내 부모님이 아니라면 모를까 ——
코린트의 목자	당신은 폴리부스의 혈통을 이어받지 않았소.
오이디푸스	뭐라고? 그 분이 내 아버지가 아니란 말인가?
코린트의 목자	내가 당신 아버지가 아니듯 그도 분명히 아니올시다.
오이디푸스	아니라고? 그런데 어째서 그대와 아버지를 비교하는가?
코린트의 목자	그분이나 나나 당신을 낳지 않았다는 것은
	자명한 사실이니까요.
오이디푸스	그런데 어찌하여 그 분은 날 아들이라 불렀던가?
코린트의 목자	그 분은 당신을 선물로 받았지요,
	바로 이 손으로부터 말입니다.
오이디푸스	그런데도 날 그렇게 사랑하셨단 말인가?
	내가 당신의 친자식이 아닌데도?
코린트의 목자	원래 자식이 없던 분이니까요.
오이디푸스	그대가 그 분께 나를 드렸다고?
	그대는 나를 샀던가 아니면 어디서 주웠던가?
코린트의 목자	키타론 산의 숲속에서 당신을 발견했지요.[*96]
오이디푸스	무슨 일로 키타론 산에까지 왔더란 말이냐?
코린트의 목자	산 저편 초지에서 양떼를 먹이고 있었지요.
오이디푸스	양치기였다고? 폴리부스께 고용된 목자였단 말인가?
코린트의 목자	비록 양치기였지만 그날은 당신의 구원자였지요.

오이디푸스	구원자? 내가 죽어가고 있었더란 말이냐?
코린트의 목자	당신 발목의 상처가 그 증거가 되리다.[97]
오이디푸스	아! 어째서 그 이야길 하느냐?
	이미 충분한 고통이 되어온 이 발목의 상처를 ——
코린트의 목자	그 발목을 꿰뚫고 있던 밧줄을 제가 끊어냈습죠.
오이디푸스	요람에서 막 벗어난 아기에게 준 훌륭한 선물이었구나!
코린트의 목자	당신 이름이 거기에서 왔소 ——
	발목이 부풀어 오른 자, 오이디푸스.[98]
오이디푸스	발목을 꿰뚫은 자가 누구였단 말이냐?
	내 아버지가, 어머니가? 말해 보라.

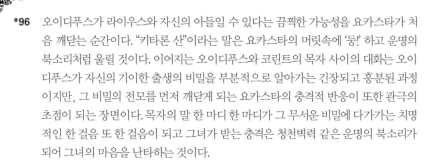

*96 오이디푸스가 라이우스와 자신의 아들일 수 있다는 끔찍한 가능성을 요카스타가 처음 깨닫는 순간이다. "키타론 산"이라는 말은 요카스타의 머릿속에 '둥!' 하고 운명의 북소리처럼 울릴 것이다. 이어지는 오이디푸스와 코린트의 목자 사이의 대화는 오이디푸스가 자신의 기이한 출생의 비밀을 부분적으로 알아가는 긴장되고 흥분된 과정이지만, 그 비밀의 전모를 먼저 깨닫게 되는 요카스타의 충격적 반응이 또한 관극의 초점이 되는 장면이다. 목자의 말 한 마디 한 마디가 그 무서운 비밀에 다가가는 치명적인 한 걸음 또 한 걸음이 되고 그녀가 받는 충격은 청천벽력 같은 운명의 북소리가 되어 그녀의 마음을 난타하는 것이다.

*97 '두둥!' – 요카스타를 두드리는 운명의 북소리가 더 크게 울린다.

*98 오이디푸스(Oedipus)는 글자 그대로 '부풀어 오른 발'이라는 뜻이다. 고향 – 존재의 근원 또는 모태 – 으로부터 추방되어 영원히 방랑의 길을 걷도록 운명지워진 존재로서의 오이디푸스가 인간의 보편적 조건을 표상하는 것은 바로 그의 '부르튼 발'에 의해서이다. '오이디푸스'는 지치고 피곤한 몸을 이끌고 쉼 없이 인생의 여로를 걸어가야만 하는 모든 인간의 조건인 것이다. 한편, 극중 맥락에 있어서 '부풀어 오른 발'의 보다 밀접한 의미 연관은 밧줄로 발목이 묶여 거꾸로 들리는 것은 대개 인간이 아니라 짐승이라는 사실에 있다. 부모에 의해 버려지고 키타론 산의 야생에 내던져진 순간, 오이디푸스는 이미 '짐승'이 되었던 것이다.

코린트의 목자	난 모르오. 하지만 당신을 내게 건넨 자는 더 많은 것을 알고 있으리다.
오이디푸스	그대 말고 또 한 사람이 있었던가?
코린트의 목자	그 사람이 당신을 내게 주었던 것이오.
오이디푸스	그가 누구냐? 그 사람을 모르는가? 이름을 알지 못해?
코린트의 목자	들은 바로는 라이우스 집안의 하인이라 했소.
오이디푸스	뭐라고? 테베를 다스렸던 라이우스 말인가?
코린트의 목자	그렇지요. 라이우스 왕의 양치기라 들었소.*99
오이디푸스	그가 아직 살아 있는가? 만나볼 수 있느냐 말이다.
코린트의 목자	(합창대를 향해) 이곳 사람인 당신들이 더 잘 알 것 아니요?
오이디푸스	여기 모인 그대들 가운데 이 자가 말하는 그 양치기를 아는 사람이 있는가? 근처에서나 들판에서 그를 본 사람이 있다면 지체 없이 말하라. 발견의 순간이 경각에 달려 있다.
합창대장	제 생각으로는 그가 바로 왕께서 부르러 보낸 시골에 있는 그 노예가 아닌가 합니다. 하지만 여기 계신 왕비께서 누구보다 더 잘 알고 계시지 않겠습니까?
오이디푸스	요카스타, 저 자가 말하는 사람이 바로 부르러 보낸 그 노예가 맞소?
요카스타	누구건 무슨 상관이요? 더 이상 신경 쓰지 마시오. 쓸데없는 이야기이니 무시하는 것이 상책이오.*100
오이디푸스	이 단서를 발견하고도 내 출생의 비밀을 묻어둘 수는 없는 일이오.
요카스타	신들에 맹세코, 당신 자신의 목숨을 위해서라도 그만 두시오! 나의 파멸로도 충분하오.*101

"발목이 부풀어 오른 자, 오이디푸스" : 오이디푸스는 부르튼 발로 인생의 험난한 여로를 걸어가는 모든 인간의 표상이다. © Photo Courtesy of Prague National Theatre

*99 요카스타가 더 이상 피할 수 없는 결론에 마주치는, 최후의 북소리가 '두두둥!' 울려 퍼지는 순간이다. 그 양치기에게 그녀 자신의 손으로 어린 아들을 넘겨주었던 것이다. 이 순간 그녀의 심정을 대체 어떤 말로 대신할 수 있을까? 쓰러질 수조차 없는 충격, 그 자리에 선 채 돌로 변해버린 경악, 그리고 가슴과 자궁에 대못이 박히는 죽음보다 무서운 고통. 무엇보다 '내 아들아!'라는 소리 없는 절규!

*100 이미 닥쳐온 파멸을 한 순간이라도 더 지체시키기 위해 은폐의 노력을 기울이기에는 요카스타의 충격은 너무나 크지 않을까? 따라서 이 말은 의식적인 은폐의 시도이기 보다는 충격으로 얼어붙은 마음이 마비에서 깨어나지 못한 채, 마치 꿈꾸는 사람처럼 읊조리는 – '정신적 사망'의 상태에 이른 그녀인지라 이미 이 세상의 것이 아닌 목소리에 실린 – 대사가 아닐까?

*101 순간적으로 정신을 차리고 격렬하게 내던지는 이 말은 아내로서보다는 어머니로서 하는 말이 아닐까? 자신의 목숨은 버리더라도 아들의 목숨만은 기어코 살리려는 그 모진 모성이 비밀의 전모를 향해 돌진하려는 오이디푸스의 뜻을 제지하려는 필사적인 노력으로 나타나는 것이 아닐까?

오이디푸스   당황치 마오. 어떤 것도 당신을 비천케 하진 못할 거요.
                내 어머니가 대대로 노예 신분이었다 할지라도 말이오.*102

요카스타   오, 이렇게 빌 테니 제발 그만 두시오!
                더 이상 알려고 하지 마오!

오이디푸스   당신이 내 뜻을 꺾진 못하오.
                난 반드시 진실을 찾아내고 말테요.

요카스타   더 이상 찾지 않는 것이 우리를 위한 최선의 일이오.

오이디푸스   그건 당신의 "최선"이지! 난 만족할 수 없소.

요카스타   오, 당신이 누구인지 스스로 알지 않게 되기를!

오이디푸스   누가 가서 그 양치는 노예를 즉시 데려 오너라.
                왕비는 고귀한 신분의 자긍심을 한껏 누리도록 버려 두어라.

요카스타   오, 어둠의 운명을 타고난 자여!
                그 말 외에 달리 당신을 부를 이름이
                이제 그리고 앞으로도 영원히 없을 것이오.*103

(요카스타 퇴장)

합창대장   마치 슬픔의 폭풍우에 쫓겨 가듯 왕비께서
                떠나셨나이다. 그 분의 침묵으로부터 어떤
                무서운 재난이 터져 나올까 심히 두렵습니다.

오이디푸스   터져 나오라지! 아무리 비천한 것이라 할지라도
                내 출생의 비밀을 반드시 밝히고 말겠다.
                고귀한 혈통의 왕비는 여느 여인네와 마찬가지로
                내 낮은 신분을 욕되게 생각하는 게지.
                하지만 부모의 얼굴조차 모르는 나는 내가
                만복을 주는 행운의 여신의 자식이라 여기겠다.
                버려진 아이였음을 결코 치욕으로 생각지 않고

여신으로부터 낳음을 입었노라 말하리라.

내 유일한 친족인 시간은 때에 따라

나를 높이기도 낮추기도 했으니

이제 나를 낳은 부모가 누구이든

그것을 알기 위해 어떤 일도 마다하지 않으리라.[104]

합창대
(송가)

내가 예언의 능력을 가졌다면

지혜롭고도 확고한 판단의 힘을 가졌다면

키타론 산이여, 다음 달이 차오를 때

그대는 우리의 춤과 축제로 찬양 받으리라.

오이디푸스의 어머니이자 유모, 탄생지로서

그대는 우리 왕께 큰 축복을 내렸도다.

---

[102] 아직도 자신이 라이우스의 아들이라는 자각이 일어나지 않는 걸까? 아니면 차라리 노예의 아들이길 바라는 절박한 바람에서일까? 왕비로서의 '아내'에 대한 배려는 이 절체절명의 순간 오히려 '어머니' 요카스타의 가슴을 더욱 깊게 찌르는 비수에 다름 아니다.

[103] 차마 소리 내어 부를 수 없는 이름 – '내 아들아!' – 를 가슴에 묻고 이제 요카스타는 자신을 땅에 묻으러 간다. 오이디푸스가 타고난 "어둠의 운명"은 자신뿐 아니라 자신에게 가장 가까운 이들을 어둠으로 몰아넣는다.

[104] 행운의 여신(Fortune)은 변덕이, 시간은 변화무상함이 그 본질인 줄을 '지혜로운' 오이디푸스가 이 순간 간과하고 있음은 출생에 얽힌 비밀의 발견을 목전에 둔 흥분의 탓인가? 아니면 무서운 운명의 도래에 대한 예감이 그의 지성을 둔화시키기 때문인가? 뒤따르는 합창대의 노래가 활기에 차 있고 그 내용이 거의 환희의 축가에 가깝다는 사실은 전자의 추측을 타당하게 한다. 그렇다면 정말 티레시아스의 말대로 오이디푸스는 '눈이 멀었다.' 티레시아스의 예언에 더하여 코린트에서 온 목자의 증언이 가리키는 방향을 바라보고 있으면서도 그로부터 다가오는 서슬 퍼런 운명의 발걸음 소리를 오이디푸스는 전혀 듣지 못하고 있는 것이다.

아폴로 신이시여, 목소리 드높여 기원을 올리니

당신의 은혜로 우리의 기도가 이루어지게 하소서![*105]

오 아들이여, 그대의 모친은 누구인가?

그대를 목신 판에게 낳아준 산의 정령,

영원히 늙지 않는 님프인가?

아니면, 언덕진 초원을 다정히 거니시는

아폴로 신께서 그대의 아버지였던가?[*106]

드높은 킬레네 산의 정상을 다스리는

헤르메스 신의 아들이신가?[*107]

헬리콘 산에서 님프로부터 그대를 받아든

디오니소스 신이 그대의 아버지인가?[*108]

[*105] 합창대 역시 예언과 증언의 함의들에 눈을 감고 오이디푸스의 출생의 '신비'를 드높여 찬양한다. 테베의 구원자요 만인 위에 뛰어난 인간인 그들의 왕이 정녕 '신의 아들'일지 모른다는 그들의 생각은 다시 한 번 왕이 지금의 역경으로부터 그들을 구원해줄 수 있으리라는 기대와 무관치 않다. 그 절박한 기대 속에서 그들은 왕에게 주어진 살인의 혐의와 신탁의 효험을 부인하는 그의 불경스러운 언사들까지도 용인하는 듯 보인다.

이어지는 노래에서 합창대가 오이디푸스의 아버지로 거명하는 신들의 이름은 다양하고 각 신들이 표상하는 내용은 광범위하다. 하지만 극적 맥락과의 연관 하에 드러나는 의미는 분명하다. 물론 합창대 스스로는 그 의미의 부분만을 이해할 뿐 심층적·총체적 의미는 그들의 인지 범위를 넘어서 있다. 합창대가 특정한 신들과 관련된 성스러운 산들의 이름을 부르는 것은 오이디푸스를 '낳은' 키타론 산에서 비롯되는 자연스런 연상의 결과이지만, 이 산과 신들이 개별적으로 그리고 집합적으로 상징하는 의미 내용은 합창대의 기대를 궁극적으로 배반하는 어떤 것이다.

*106 디오니소스와 종종 연관되어 – 그를 추종하는 무리로 – 나타나는 목신 판(Pan)은 초원과 숲, 목자들과 양 또는 염소들의 신으로서 봄과 생명 그리고 풍요를 상징한다. 만물이 시들어버린 테베에서 생명의 소생을 염원하는 것은 당연한 일일 것이다. 하지만 염소의 몸과 인간의 얼굴을 한 판이 인간과 짐승의 경계선상에 서 있는 존재임을 합창대는 유의하지 않는 듯 보인다. 반인반수의 신으로서 성(聖)과 속(俗), 지혜와 야만을 동시에 구현하는 판이 오이디푸스의 양면성을 상징하는 존재임을 알지 못하는 것이다.

아폴로를 오이디푸스의 아버지로 거명하는 것은 참으로 역설적이다. 신탁의 수행을 위임받은 자, 곧 신의 대리인임을 자처하지만 오이디푸스는 시종일관 아폴로의 자리를 '찬탈'하고자 해왔기 때문이며 아울러 육신의 아버지를 죽인 자이기 때문이다. 나아가 판과 아폴로를 동시에 부르는 것은 그들 사이에 개재하는 상징적 갈등을 간과한 결과이다. 아폴로의 비파(lyre)가 대변하는 조화로운 현악과 판의 피리가 대변하는 소란스런 관악 사이에 시합(contest)이 있었다는 신화가 시사하듯이, 피조물 세계의 질서를 수호하는 아폴로와는 대립적으로 디오니소스의 추종자인 판은 근원적 생명력, 곧 파괴를 통한 창조의 대변인이기 때문이다.

"키타론 산이여 찬양 받을지어다"
* Photo : T. Charles Erickson (Wilma Theater)

*107 킬레네(Kyllene) 산의 동굴에서 제우스와 거인족 여신 사이에 태어난 헤르메스 (Hermes)는 제우스의 전령으로서 '숨겨진 의미의 해석자'를 표상하는 바, 합창대의 관점에서는 "인생의 수수께끼와 신의 길"을 읽어내는 능력을 가진 오이디푸스를 헤르메스의 아들로 상상하는 것은 당연한 일일 것이다. 그러나 육신의 눈은 날카로우나 영혼의 눈이 먼 오이디푸스를 생각한다면 이 또한 본질적으로 부적절한 비유가 된다. 날개달린 신발을 신고 모든 경계를 넘어서는 헤르메스는 또한 여행자의 수호신으로서 '떠돌이' 오이디푸스의 후원자로 생각될 수 있지만, 헤르메스가 또한 저승으로 가는 망자의 여행을 인도하는 신이라는 점에서 본다면 오이디푸스의 비극적 파멸을 예시할 수도 있다는 사실은 합창대의 상상력을 넘어서 있는 것이다.

*108 합창대가 키타론 산에서 양육되었던 디오니소스를 거명하는 것은 같은 산에서 태어나거나 양육되었다고 믿어지는 오이디푸스의 출생에 비춰 당연한 일이다. 그리고 디오니소스가 어린 오이디푸스를 헬리콘(Helicon) 산에서 받았다는 언급은 이 산에 태생을 둔 천마 페가수스(Pegasus)에 오이디푸스를 은연 중에 비유하는 것으로서, 살아서는 천상과 지상을 마음대로 오갔으며 죽어서는 하늘의 별이 된 이 천마와 같이 자신들의 왕이 신의 반열에 오를 가능성을 희구하는 것으로 볼 수 있다. 그러나 합창대가 미처 생각지 못한 것은 이 천마를 탄 인간의 운명이다.

신화에 의하면, 이 날개 달린 말은 인간을 태우지 않는다. 하지만 인간 벨레로폰 (Bellerophon)은 아테네 여신으로부터 받은 황금고삐를 페가수스에 매고 하늘을 날으며 – 오이디푸스가 스핑크스를 물리쳤듯이 – 신성한 괴물들을 퇴치하는데 성공한다. 영웅적 허영심에 사로잡힌 벨레로폰은 – 오이디푸스는 물론 티레시아스에게서도 유사성이 발견되는 바 – 신들의 세계를 엿보기 위해 페가수스를 올림푸스 산으로 몰고 올라가던 중 제우스의 징벌을 받아 땅으로 추락하여 여생을 '장님'과 '절뚝발이'로 살아가게 된다. 신의 반열에 오르려는 인간의 무한한 상승의지와 추락할 수밖에 없는 인간 한계를 동시에 말해주는 이 신화가 다름 아닌 – 장님이 되어 부르튼 발을 끌고 지친 다리로 절룩거리며 삶의 마지막 날까지 방랑하게 될 – 오이디푸스의 운명임을 천마의 '영광'만을 보는 합창대는 깨닫지 못하는 것이다.

오 아들이여, 그대의 모친은 누구인가?

그대를 목신 판에게 낳아준 산의 정령,

영원히 늙지 않는 님프인가?

아니면, 언덕진 초원을 다정히 거니시는

아폴로 신께서 그대의 아버지였던가?

드높은 킬레네 산의 정상을 다스리는

헤르메스 신의 아들이신가?

헬리콘 산에서 님프로부터 그대를 받아든

디오니소스 신이 그대의 아버지인가?

목신 판

아폴로

헤르메스

디오니소스

대화와 노래 4

EPISODE & STASIMON 4

칼을 휘두르는 청년 (오이디푸스)

아, 신이여! 아, 신이여!
결국 이것이 진실이었구나.
오, 태양아!
네가 너를 지금 단 한번만 더 보게 해다오.
나는 잉태로부터 저주를 받았고
결혼 안에서 저주를 받았고
네가 죽인 그 사람 안에서 저주를 받았도다.

- 오이디푸스의 비탄 중 -

장면

같은 곳. 테베의 왕궁 앞 광장.

(멀리서 병사들과 테베의 목자 등장)

오이디푸스   일찍이 그를 만난 적은 없지만 추측건대

우리가 찾던 이가 바로 저기 오는 저 사람이 아닌가?

나이도 그만큼 들어 보이고 무엇보다

그를 데려오는 자들이 나의 시종들이니.

그러나 나보다 그대들이 더 잘 알 것이오

전에 그를 본 적이 있을 테니까.

합창대장   분명 그 사람입니다. 라이우스의 노예로서

그분이 가장 신임하던 양치기 가운데 한 사람이지요.

(테베의 목자 등장)[*109]

오이디푸스   코린트에서 온 그대에게 먼저 물어보마.

저자가 그대가 말하던 바로 그 사람인가?

코린트의 목자   틀림없이 그 사람입니다.

오이디푸스   너는 이리로 오라.

나를 쳐다보고 내 질문에 답하라.

"우리가 찾던 이가 바로 저 사람인가?" : 그러나 오이디푸스를 향해 다가오는 최후의 증인의 발걸음은 곧 아폴로의 발걸음에 다름 아니다. © Photo Courtesy of Corinth Films, Inc. All Rights Reserved.

*109 코린트의 목자와 연배가 비슷하고 동일하게 초라한 양치기 차림의 노인이 오이디푸스가 보낸 군사에 의해 연행되어 들어선다. 그러나 이 '미미한' 존재의 입으로부터 나오는 말이 오이디푸스가 그토록 열망하던 진실이면서 동시에 '위대한' 인간 오이디푸스를 파멸에 이르게 하는 운명의 현현임은 얼마나 역설적인가!

그것은 이 목자 자신도 물론 예기치 못한 일이다. 왕의 부름이 전왕의 살해사건에 관한 것임은 그를 연행하러 온 군사들에게 언질을 받았을 터이고 이전의 거짓 증언을 되풀이하리라 단단히 마음먹고 오는 길일 것이다. 높은 이들의 일에는 개입하지 않는 것이 상책이며 설사 알아도 모르는 척하는 것이 목숨을 부지하는 길이라는 것을 '노예'의 본능으로 체득한 이 노인에게 전왕의 살해범으로 현재의 왕을 지목하는 일은 상상조차 할 수 없는 일이다. 뿐만 아니라 전왕의 죽음이 오래 전 자신에게 내려졌던 갓난 왕자를 죽여 키타론 산에 버리라는 끔찍한 – 그래서 임무의 일부를 회피한 – 지령과 하등의 연관이 있으리라는 것은 꿈에도 생각 못할 일일 것이다.

전왕 라이우스를 섬긴 적이 있는가?*110

테베의 목자　그러하나이다. 그의 노예였지요 —— 하지만

팔려온 노예가 아니라 그의 집안에서 태어났습죠.

오이디푸스　네 직분이 무엇이었더냐? 무슨 일을 주로 했는가?

테베의 목자　거의 평생토록 양떼를 돌보았나이다.

오이디푸스　양떼를 몰고 주로 어느 지역으로 다녔던가?

테베의 목자　때론 키타론 산으로 때론 다른 초지로도 다녔나이다.

오이디푸스　키타론 산을 드나들 때 이 자를 안 적이 있었느냐?

테베의 목자　누구를 말씀하시오니까?

오이디푸스　저기 저 사람 말이다. 그와 함께 한 적이 있었더냐?

테베의 목자　글쎄요, 언뜻 생각이 나질 않습니다.

코린트의 목자　세월이 흘렀으니 당연한 일입니다.

하지만 그가 잊었다 하더라도 제가 기억을 되살릴 수 있으리다.

당신 기억나지 않으시오? 키타론 산에서 한번은

당신이 양 두 떼를 거느렸고 난 한 떼를 몰고 갔었지.

거기서 우리 세 해 여름을 함께 보내지 않았소?

매년 늦은 봄부터 하지가 지날 때까지 말이오.

그리곤 각자 고향으로 돌아가곤 했지.

나는 내 집으로, 당신은 라이우스의 집으로.

어떻소, 사실이지요? 아니면 내가 거짓말을 하는 거요?

테베의 목자　사실이오, 오래 전 이야기이긴 하지만.

코린트의 목자　그렇다면 말해 보시게. 생각나지 않소?

당신이 나더러 기르라고 준 아이 말이요.

테베의 목자　그게 무슨 말이요? 왜 그걸 내게 묻는 거요?

코린트의 목자　이보시게, 여기 있는 이 분이 그 아이란 말일세!*111

테베의 목자　오, 귀신에게나 잡혀갈 놈! 그 입 좀 다물지 못하겠소?

*110 마침내 최후의 증인에 대한 최후의 심문이 시작된다. 라이우스 살해 사건을 담당한 '형사' 오이디푸스는 지금까지 관련 증인들을 만나 살해범의 정체를 밝히기 위한 일련의 심문을 수행해 왔던 셈이다. 델파이의 신탁, 곧 사건 배정의 지시와 함께 사건의 극히 대략적인 윤곽만을 진술한 크레온, 수사에 극히 비협조적인 태도를 보이다가 형사 자신이 범인이라는 황당하기 이를 데 없는 고발을 제기한 증인 티레시아스, 티레시아스와 함께 혐의선상에 올라 자신을 변호하는 가운데 사건의 보다 구체적 윤곽을 진술한 크레온의 2차 증언, 크레온을 위한 변호와 사건의 전후 상황에 대한 보다 상세한 증언을 제공한 피살자의 전처이자 형사 자신의 아내 요카스타, 그리고 보상을 바라고 '자진출두'한 코린트의 목자 등 일련의 증인들을 통해 수사관 오이디푸스가 다다른 결론은 전왕 살해사건과 자신의 출생의 비밀 사이에 모종의 연관성이 있다는 사실이다.

그리고 이제 드디어 그 연관성을 입증 또는 반증해줄 최후의 증인을 증언대에 세운 것이다. 이 결정적 증인을 다루는데 있어서 수사관은 지금까지의 어느 증인보다도 면밀하고 엄정한 심문을 할 태세이다. 이미 행해진 어느 심문보다 훨씬 더 강한 압박감과 긴장감, 그리고 일촉즉발의 위기감이 이 마지막 심문을 지배할 것이다.

*111 라이우스 왕의 살해에 대한 심문을 기대하고 왔던 테베의 목자에게는 청천벽력 같은 소리가 아닐 수 없다. 이 순간 그의 머릿속에는 기억의 편린들이 주마등처럼 스쳐 지나갈 것이다. 그 옛날 궁전의 내실에서 자신에게 내려진 은밀하고 잔인한 명령, 밧줄에 꿰인 채 피를 철철 흘리는 어린 아이의 발목, 키타론 산의 깊은 계곡을 내려다보던 어느 절벽, 고통으로 울부짖던 어린 아기 얼굴, 그 처절한 울음소리에 차마 절벽 아래로 던질 수 없어 아이를 품에 안고 돌아서던 자신의 모습!

그것만으로도 끔찍한 기억의 사슬은 그러나 또 다른 시간대로 건너뛰며 이어진다. 델파이로 가던 세 갈래 길, 거기서 일어난 느닷없는 폭력과 격렬한 비명들, 상처를 입고 정신을 잃었다가 다시 깨어났을 때 본 처참한 살육의 광경, 깊은 상처를 안고 간신히 돌아온 테베에서 보게 된 왕관을 쓴 그 살인자의 모습! 이 모든 이미지들이 일시에 어지럽게 겹쳐지면서 사건의 모든 연관이 찰나적으로 그리고 충격적으로 분명해진다.

오이디푸스	그만! 이 사람이 네게서 욕을 들을 이유가 없다.
	그 사람보다 네 혀가 벌을 받아 마땅하리라.
테베의 목자	오, 높으신 어른이시여, 제가 무슨 잘못을 하였나이까?
오이디푸스	그가 말하는 아이에 대해 입을 다무는 것이 잘못이다.
테베의 목자	저 사람이요? 저 사람은 아무것도 모릅니다.
	다만 시간 낭비를 하고 있을 뿐입니다.
오이디푸스	기꺼이 말하지 않는다면 고통을 당해야 말하겠느냐?
테베의 목자	제발 그러지 마십시오! 늙은이를 고문하진 마십시오!
오이디푸스	여봐라, 이 자의 팔을 꺾어라!*112
테베의 목자	오, 불행한 인간이여, 대체 뭘 알려고 하는 거요?
오이디푸스	그 아이! 저 자가 말하는 아이를 그에게 주었느냐?
테베의 목자	그렇소. 아, 신이여! 차라리 내가 죽었어야 할 것을!
오이디푸스	이제라도 죽을 것이다, 진실을 밝히지 않는다면!
테베의 목자	말한다면 죽음은 더욱 확실한 것이 될 것이오.
오이디푸스	이자가 진실에 이르는 길을 더디게 하는구나.
테베의 목자	아니오, 아이를 주었다고 방금 말하지 않았소?
오이디푸스	어디서 얻었더냐? 네 자식이냐 아니면 다른 사람의?
테베의 목자	내 자식은 아니었소. 누가 내게 준 아이요.
오이디푸스	누가? 이 시민들 가운데 누군가? 어느 집안의?
테베의 목자	왕이시여, 이렇게 비오니 더 이상 묻지 마소서!
오이디푸스	같은 질문을 다시 하게 된다면 네 목숨은 없다.
테베의 목자	그렇다면 —— 그 아이는 라이우스 집안의 아이였소.
오이디푸스	노예의 자식인가 아니면 친족의 핏줄이었던가?
테베의 목자	신이여! 내가 말하기 직전에 서 있나이다.
오이디푸스	나는 듣기 직전에 서 있고, 반드시 들어야만 한다.

테베의 목자	라이우스의 핏줄이라고 했소.
	하지만 안에 계신 왕비께서 더 잘 알고 있소.
오이디푸스	뭐라? 아이를 네게 준 것이 왕비였단 말이냐?
테베의 목자	그렇소.
오이디푸스	어떻게 하라고?
테베의 목자	죽이라 하셨소.
오이디푸스	자기 피붙이를? —— 어찌 그럴 수 있단 말인가?
테베의 목자	끔찍한 신탁을 두려워했소.
오이디푸스	무슨 신탁 말인가?
테베의 목자	"아이가 자라나 그 부모를 죽일 것이다."
오이디푸스	왜 너는 아이를 죽이지 않고 이자에게 주었더냐?
테베의 목자	가여워서요!
	먼 곳으로 데려가면 아무 일 없겠거니 생각했지요.
	저 사람이 아이를 받아들인 것이 파멸의 운명을 가져올 줄이야!

*112 고문을 해서라도, 쥐어짜서라도 '진실'을 알고자 하는 오이디푸스의 집념이다. 그 진실이 드러나기까지 증인이 조금이라도 주저하면 형사는 팔을 비틀어 답변을 토하도록 할 것이다. 여기서부터 약 25행에 달하는 심문과정은 각 1행으로 된 짧막한 질문과 짧막한 답변의 규칙적 반복으로 구성되어 있어 극도의 긴장감 속에서 심문의 결과를 향해 한 치 한 치 나아가는 무거운 발걸음 소리 – 둥! 둥! 둥! 둥! – 를 만들어낸다. 그것은 오이디푸스를 향해 다가오는 운명, 곧 아폴로의 발걸음에 다름 아니다. 신탁의 올가미가 그것을 피하고 비웃은 자의 목을 서서히 그러나 확실하게 조여 오는 것이다.

만약 당신이 그 아이라면

당신은 오로지 멸망을 위해 태어난 사람이외다.*113

오이디푸스   아, 신이여! 아, 신이여!

결국 이것이 진실이었구나!*114

*113 "가여워서요" – 너무도 당연한, 그만큼 애절한 노인의 이 말을 어떻게 받아들여야 할까? 측은지심은 인간의 근원적 감정이요 보편적 미덕이 아닌가? 일말의 연민도 없이 '죄 없는' 어린 아이를 천길 절벽 아래로 내던질 수 있는 사람이야말로 천하의 악인이요 짐승이 아닌가? 그러나 너무도 당연한 인지상정으로서의 연민 또는 인간의 최선이 모든 예상과 상상을 초월하는 최악의 결과를 종종 가져오는 것이 또한 인생의 진리가 아닌가? 선하건 악하건 개인의 의도와 무관하게, 그것을 뛰어넘어 이루어지는 삶의 계기들 – 그것을 요카스타가 말한 '우연'이라 부를 것인가 아니면 '운명'이라 부를 것인가?

*114 이 '진실'이야말로 아리스토텔레스가 주인공의 운명의 '급전'에 수반되는 "비극적 인식"이라고 명명한 것이다. 하지만 이 진실은 단지 아버지를 죽이고 어머니와 혼인했다는 사실의 발견에 그치지 않는다. 인류 최대의 금기인 존속살인과 근친상간이 저질러졌지만 그것은 비극의 소재에 불과할 뿐, 그 목적은 아니다. 비극이 추구하는 것은 바로 오이디푸스가 스스로 던진 질문, 곧 '나는 누구인가'라는 물음이 추구하는 인간의 '자기인식'이다. 극의 전체 맥락 안에서 그 물음은 오이디푸스의 보다 깊고 보다 통렬한 자기인식에 이른다.

자신에게 내린 저주의 신탁을 피하기 위해 사투를 다했고 그런 젊은 날의 투쟁을 통해 누구보다 뛰어난 이성과 감성, 그리고 의지와 행동력을 갖춘 위대한 인간으로 성장하여 한 나라의 구원자가 되기에 이르렀지만, 신탁이 완성되는 이 순간 오이디푸스는 자신도 깨닫지 못한 버려진 아이로서의 자기 보존적 오만과 내면의 폭력성으로 인해 형성된 자신의 파괴적 성격의 실상을 처음으로 인지한다. 또한 무서운 운명에 대한 두려움과 좌절감 속에서 인간의 눈을 피해 길을 헤매는 짐승의 신세로 전락한 자신에게 우연히 마주친 '아버지'가 던진 '넌 짐승이야'라는 치명적인 질타가 폭발시킨 '아니야, 난 인간이야'라는 필사적인 항변의 살인적 폭력이 바로 '야만의 신'의 만행에 다름 아니었음을 깨닫는다.

그리고 마침내 그 모든 도피와 저항의 몸부림에도 불구하고, 또 신적 권위에 비견

되던 빛나는 지혜와 신적 반열에의 상승을 꿈꾸던 무한한 인간정신의 구현에도 불구하고, 자신이 바로 아비를 살해하고 어미와 통간한 저주의 존재였음을 깨닫는 순간 그의 입에서 터져 나오는, 혹은 차마 밖으로 터져 나오지 못하고 고통스런 내면을 뒤흔들며 영혼을 갈기갈기 찢어놓는 외마디 외침은 '나는 짐승이다!' – 그것이 바로 이 극이 궁극적으로 드러내는 비극적 인식인 것이다.

내면의 그 처절한 절규를 담고 있는 "아, 신이여, 아, 신이여!"라는 구절은 다른 영역본들에서는 "Oh, oh!" 또는 "Ah!"와 같은 감탄사로만 제시되기도 한다. 그리고 영국의 대배우 로렌스 올리비에(Laurence Olivier)를 비롯한 소수의 뛰어난 배우들은 이 절규를 인간의 비탄을 넘어선 짐승의 울부짖음으로 표현하기도 했다. 1955년 스트랫포드 공연의 마스크를 쓴 오이디푸스는 마치 상처 입은 짐승의 신음 소리를 우리네 곡소리와 같은 굴곡진 장음(長吟)에 실어 토해내었다. 그와는 또 달리 십여 초를 지속한 날카로운 고음의 비명으로 런던 관객을 얼어붙게 했던 올리비에는 이 '울부짖음'의 힌트를 북극의 순록(Moose) 사냥에 관한 이야기로부터 얻었다고 한다.

운송용으로 이용되는 덩치 큰 순록을 상처 없이 포획하기 위해 사냥꾼들은 특수한 덫을 고안했는데, 그것은 짐승의 발목을 낚아채는 일반 덫으로는 이 엄청난 체구와 힘의 순록을 잡을 수 없었으므로 미끼로 뿌려놓은 먹이를 핥으며 다가온 순록의 혀를 꿰뚫도록 덫의 중심에 긴 바늘을 장착한 것이다. 덫을 건드리는 순간 바늘이 튀어 오르며 혀를 관통 당한 순록은 고통스런 소리를 발하며 그 큰 몸을 눈 위에 쓰러뜨리고 만다는 것이다. 거대한 체구와 막강한 힘으로 어떠한 강력한 덫에도 제압당하지 않지만 한 치 연약한 속살을 찌르는 바늘에 속절없이 쓰러지고 마는 순록과 같이 모든 위대함에도 불구하고 오만이라는 비극적 결함 하나로 인해 일시에 무너지고 마는 오이디푸스, 먹이를 찾는 순록과 같이 자신이 추구한 '진실'에 영혼을 치명적으로 관통 당한 오이디푸스의 절규에 이보다 더 적절한 유추가 있을까?

"아, 신이여! 아, 신이여!" : 물결치듯 비틀린 풍경이 내면의 고뇌와 고통의 질량을 웅변하는 이 작품은 1955년 스트랫포드 공연을 영상화한 연극영화(filmed theatre)의 무대 배경에 모티프를 제공했다.
(에드바르트 뭉크 〈절규〉 1893년)

오 태양아!

내가 너를 지금 단 한번만 더 보게 해다오.*115

나는 잉태로부터 저주를 받았고

결혼 안에서 저주를 받았고

내가 죽인 그 사람 안에서 저주를 받았도다.

(오이디푸스 퇴장)

| 합창대 1 | 오호라! 인간의 세대들이여! |
| (송가 1) | 목숨이 있다한들 너는 무에 지나지 않는 존재로다! |

어느 인간이 행복을 얻었다 해도

그것이 허망하게 지나가는

행복의 그림자에 불과한 줄 몰랐더냐?

내가 그대를 보오, 오이디푸스여!

그대의 파멸을 목도하면서 이제 내가 어찌

필멸의 인간을 감히 행복하다 하리오?

합창대 2 누구라서 그대보다 큰 영광을 얻었으리오?

(답송 1) 모든 욕망의 정상을 넘는 권력과 부를 얻은 오이디푸스여!

구부러진 발톱, 처녀의 얼굴과 새의 날개를 가진

스핑크스의 불가사의를 그대는 이겼소.

권능의 탑과 같이 그대는 테베 위에 우뚝 섰소.

우리의 왕관을 받고

우리가 줄 수 있는 최고의 영예인

테베의 왕위를 받았소.

합창대 1 이제 누구라서 그대보다

(송가 2) 더 잔인한 운명으로 타락하여

그 삶이 한줌 먼지와 재 속에 뒹굴고 있겠소?

오, 고매한 오이디푸스여!

어떻게 그럴 수 있소?

어떻게 자기를 낳은 어머니의 남편이 될 수 있소?

그런 처참한 일이 어떻게 그리 오래

드러나지 않을 수 있었소?

합창대 2　시간이 모든 것을 관장하는 법.

(답송 2)　인간의 노력을 초월한 시간이

그대의 불행한 결혼을 폭로하고 벌하였도다.

자식에서 남편이 된 이여!

오, 라이우스의 아들이여!

그대를 우리는 쳐다볼 수가 없도다!

그대의 운명을 슬퍼하기를 죽은 자를 애도하듯 하노라.

우리의 생명을 구원했던 이여

이제 그대는 생명을 죽음으로 이끌어가노라.

*115 바로 앞 행에서 또는 이 구절과 함께 눈부시도 록 강렬한 조명이 오이디푸스를 비추는 현대 공연의 장면들이 있다. 눈을 멀게 하는 강렬한 태양빛에 의해 '백일'하에 드러난 진실, 그것은 바로 아폴로의 빛이다. 오래 전 시위를 떠난 아폴로의 화살이 마침내 그 과녁을 명중시킨 것이다. 일련의 '전령들'을 보내며 정작 자신의 등장은 끝내 미루던 신이 드디어 도래한 것이다. 이 빛의 화살, 진실과 운명의 화살에 맞은 오이디푸스의 눈은 – 그가 스스로 찌르기 전에 이미 – 멀고 만 다. 파스칼(Pascal)의 말대로 "너무 많은 빛은 인 간의 눈을 멀게 하기" 때문이다.

"너무 많은 빛은 눈을 멀게 한다" : 그리고 **"가여워서요"**라는 최후의 증인, 남루한 차림의 미미한 존재의 입으로부터 나오는 말이 그토록 갈구하던 진실이면서 동시에 위대한 인간 오이디푸스를 파멸에 이르게 하는 운명의 현현임은 얼마나 역설적인가! ⓒ Photo Courtesy of Guthrie Theater

종막

EXODUS

소포클레스의 황동마스크

오, 조국 테베의 시민들이여. 보라, 그가 오이디푸스다!
스핑크스의 수수께끼를 풀고 권세 당당했으니 누구라서
그의 행운을 선망의 시원으로 바라보지 않았던가.
그러나 보라!
그런 그가 어떻게 참혹한 고뇌의 풍파에 휩쓸렸는가를!

그러니 우리의 눈이 인생의 마지막 날을 보기까지는
삶의 종말을 지나 고통에서 영원히 해방될 때까지는
필멸의 인간 어느 누구도 행복하다 기리지 말라.

- 합창대의 노래 중 -

장면

같은 곳. 테베의 왕궁 앞 광장.

(궁전으로부터 전령 등장)*116

전령   경애하는 테베의 시민 여러분이여,

그대들에게 알려야 할 이 일이 어쩐 일이오!

테베 왕가의 혈통에 대해

여전히 충성심을 간직한 이들에게는

이 얼마나 무거운 슬픔의 짐이 되리오!

이스테르의 강물도, 파시스의 홍수도

이 집안의 오욕을 정화할 순 없으리니*117

스스로를 드러낸 악의 존재와 같이

감추어진 모든 것이 만인 앞에 드러났도다!

모든 고통 가운데 우리가 우리 자신에게

입힌 상처가 가장 참혹한 것이라!

합창대장   이미 밝혀진 일로 인한 슬픔만으로도 충분하거늘

무슨 새로운 슬픔을 그대는 가져오는가?

전령   서둘러 말씀드리자면, 왕비 요카스타께서—— 돌아가셨소.

합창대장   요카스타께서? 아니 어떻게? 어찌된 일이란 말이요?

전령   목을 매 자결하셨소. 이 참상을 직접 목도하지 않은

여러분은 그래도 최악을 경험한 것은 아니요.

하지만 내가 들려줄 잔인한 이야기를 듣는다면 ——

고뇌에 사로잡힌 왕비께서는 머리채를 쥐어뜯으며

궁전 뜰을 가로질러 달려 가셨소.

곧장 내전으로 뛰어 들어가서는 빗장을 걸어 잠그시고

이미 오래 전에 돌아가신 라이우스의 이름을

울부짖으며 부르시는 게 아니오 ──

"라이우스, 라이우스!

그렇게 당신은 죽음을 맞이했지만

나는, 어미된 나는 자식에게 자식을 낳아주는

저주의 몸이 되고 말았소!"

남편에게서 남편을 자식에게서 자식을 낳은

그 저주의 침상 위에서 그녀는 그렇게 울부짖었소.

그리고 어찌된 연유인지 알 수 없으나 ──

그 침상 위에서 숨이 끊겼소.

알아볼 여유가 우리에게 없었던 것이오.

왜냐하면 바로 그 순간

짐승 같은 신음소리를 내지르며

오이디푸스께서 뛰어 들어오셨기 때문이오.

벽력같이 들이닥친 그는 마주치는 사람에게마다

*116 요카스타의 자살과 오이디푸스의 실명의 광경을 전하는 전령이다. 그리스 비극에서는 폭력의 장면은 언제나 무대 밖에서 일어나고 목격자가 그 광경을 무대에서 관객에게 전하는 방식으로 이루어진다. 그것이 윤리적 이유에서이기도 하지만 심미적 고려이기도 한 것은 ─ 선정적 폭력에 익숙한 현대의 관객들에게는 낯설게 들릴지 모르지만 ─ 청각적 인상이 시각적 인상보다 훨씬 울림이 깊고 그 효과 또한 보다 지속적이기 때문이다.

　　실제로 등장의 변(辯) 다음에 이어지는 전령의 대사는 ─ 안타깝게도 번역으로는 온전히 다 옮길 수 없는 ─ 선명하고 충격적인 언어적 심상은 물론 운율적으로도 매우 격렬한 리듬으로 구성되어 있어 요카스타의 비탄과 자결, 오이디푸스의 참혹한 자해 장면을 생생하게, 전하는 이의 감정을 통해 증폭시켜 그려낸다.

*117 이스테르(Ister)와 파시스(Phasis) 둘 다 그리스반도 북부를 흐르는 큰 강의 이름이다. 셰익스피어라면 맥베스의 입을 빌어 말하듯 "넵튠(Neptune : 바다의 신)이 다스리는 대양의 바닷물이라면 이 손의 피를 다 씻어낼 수 있을까? 아니야, 이 손이 오히려 무한한 바다를 더럽히고 푸른 파도를 붉게 물들일 거야"라고 썼을 것이다.

"칼을 다오, 칼을 다오" 외치며
그의 아내, 곧 그의 자식들과 그 자신을 함께 낳은
여자가 어디 있느냐 다그쳤소.[118]
그리고는 미친 듯 내전 이곳저곳을 뒤지시는 게 아니겠소.
그 기세에 눌려 우리 가운데 아무도 입을 열지 못하고 있었는데
마침내 어떤 신이 길을 열어준 듯
무시무시한 소리로 울부짖으며
왕비의 침실로 내달아서는 안으로 내린 빗장을 부수어 버리고
방안으로 들어갔소 —— 거기!
거기서 흔들거리는 밧줄에 목을 맨
왕비의 모습을 우리는 발견했소.
그것을 본 왕께서는 참혹한 신음소리와 함께
시체를 줄에서 풀어 내렸소.
시체가 바닥에 뉘어졌을 때
진짜 참상이 우리 눈앞에 펼쳐졌소.
오이디푸스는 왕비의 옷에 달려 있던
금빛 브로치를 빼내서 번쩍 치켜들고는
"너희는 내가 행한 일, 내가 겪은 이 고난을 돌아보지 마라.
너희는 이제 내가 차마 바라보지 못할 이들을 보지 않도록
영원한 어둠 속에 잠기어라" 라고 외치면서
자신의 눈을 힘껏 내리쳤소.
그 절규를 계속 반복하면서
두 번 세 번 자신의 눈을 황금 브로치로 찔러댔소.[119]
그의 얼굴을 뒤덮은 피는
한 방울 두 방울 떨어지는 것이 아니라
마치 검붉은 우박의 소나기가 세차게 퍼붓는 듯하였소.
피의 폭풍우는 그의 머리 뿐 아니라

	바닥에 쓰러진 그 아내된 분의 몸까지도 휩쓸고 있었소.
	그들이 누렸던 이전의 행복은 참 행복이었소.
	그러나 지금, 바로 오늘은 죽음과 파멸, 치욕과 슬픔 ──
	불행의 온갖 모습이 어느 하나 빠짐없이 여기에 있소.
합창대장	그리고는 그의 고통이 잠깐이라도 쉼을 얻었던가?
전령	이내 궁전 문을 활짝 열라 외치셨소.
	"만인에게 보여라. 아비를 죽인 자, 어미와 ──"
	차마 그 말은 입 밖에 낼 수가 없구료.
	그리고 라이우스의 살인자에게 내린 자신의 저주에 의해
	당신 자신이 테베 밖으로 추방되어야 하리라 말하셨소.

*118 운명의 급전과 비극적 인식 이후에도 주인공의 생각은 미세한 굴곡을 그리며 진행된다. 이 순간 오이디푸스의 생각은 '짐승'의 존재에 골몰하고 있는 듯 보인다. 짐승인 자신은 물론 짐승을 낳은 어미와 그 어미와 더불어 낳은 '새끼들'에 이르기까지 모두의 목숨을 거둠으로써 그 수치를 땅에 묻고자 하는 것이다. 하지만 다시 한 번 자신이 예기치 못한 일 – 요카스타의 자결 – 을 목도하고서야 그의 이러한 생각은 달라진다.

*119 "당신이 지금 보고 있는 이 대낮의 빛이 암흑으로 변하게 되리라"는 티레시아스의 예언이 성취되는 순간이다. 자신의 손을 '앞질러' 벗어난 요카스타의 죽음을 보고 핏줄의 목숨을 자신의 손으로 모두 끊으려던 오이디푸스의 생각이 달라지는 것은 '나는 짐승이다'라는 절규에 '나야말로 장님이었다'라는 고백이 수반됨으로써 이다. 또한 짐승인 자신의 목숨은 스스로 끊을 수 있을지라도 타인의 생명은 – 그것이 짐승의 어미와 새끼일지라도 – 자신의 손길을 벗어나 있음을 깨닫기 때문이다. 그 대신 자신의 눈을 찌르는 것은 자신으로 인해 생겨난 모든 비참한 존재와 참혹한 광경을 차마 더 이상 바라볼 수 없다는 처연한 절망의 표현이며 나아가 자신의 내면의 어둠만을 직시하겠다는 결의이다. 육신의 세계에 대한 절연의 선언이며 영적 세계에의 입적(入籍) 신고인 것이다.

다른 한편, 프로이트적 관점에서 오이디푸스의 눈을 찌르는 요카스타의 브로치는 '남근'(phallus), 곧 '아버지'의 복수로 읽힌다. 그것이 '황금' 브로치인 것은 다시 한 번 신화적 층위에서 태양신 아폴로를 상징하는 것이 된다.

이곳에 내린 신의 저주를 짊어지고 떠나야 한다고 말이오.
하지만 먼저 기력을 찾으셔야 할 것이오,
길 안내자도 필요할거요.
상처의 고통이 견디기 어려울 만큼 심하니까 —— 보시오!
궁전 문이 열리고 있소!
불구대천의 원수라도 연민의 정을 느끼지 않을 수 없는 광경이
이제 여러분 앞에 드러날 참이오.

(오이디푸스 등장)*120

합창대   오, 두렵고도 무참한 광경이로다!
평생 이런 참혹한 장면을 본 적은 없으리!
무슨 잔인한 광기가 그대를 덮쳤단 말인가?
어느 초인적인 충동의 영이
그대의 음울한 운명에 그 힘을 가하였단 말인가?
아, 세상에서 가장 불행한 이여!
그대에게 물어볼 말은 많건만 차마 쳐다보기가 두렵도다.
그대의 모습에 내 온 몸이 떨리는구나!*121

오이디푸스   오호라! 오호라! 내 참담한 운명이여!
내 발걸음은 나를 어디로 이끄는가?
내 음성은 허공 중에 사라져 가도다.
오 신이여! 내가 이렇게 짓밟혔나이다!

합창대장   고통스런 그대의 목소리 차마 들을 수가 없구나.

오이디푸스   오, 가증스러운 어둠의 장막이여!
잔인의 경지를 뛰어넘은
형언할 수 없는 나의 대적이여!
오호라, 오호라! 나는 바늘 끝으로

*120 눈 먼 오이디푸스가 등장하는 이 장면부터 합창대의 노래로 이루어지는 극의 종결까지를 아리스토텔레스는 비극의 플롯 구성에 있어서 도입-전개-위기-급전-인식에 이은 "대단원"(또는 해결 : resolution)이라는 마지막 단계로 규정했다. 모든 것이 드러나고 주인공의 운명이 결정된 마당에 왜 별도의 '해결'이 필요한 걸까?

아리스토텔레스의 설명은 비극적 행동 전반의 주제적 요약과 주인공의 운명에 대한 윤리적 반추가 있어야 비극이 완결성을 갖는다는 것이다. 비극은 단순히 충격적인 사건의 재현이 아니라 그 사건의 충격적 결말을 통해 인간과 세계에 대한 깊고도 균형 잡힌 통찰의 획득을 궁극적 목적으로 하는 것이기 때문이다. '나는 눈 먼 짐승이다'라는 통렬한 – 그리고 더 이상 나아갈 곳이 없어 보이는 – 비극적 인식 후에 오는 그 통찰은 무엇일까?

*121 아리스토텔레스의 용어를 빌자면 "주인공의 운명의 역전을 목격하는데서 오는 공포와 연민"을 충격적인 시각적 이미지로 집약하는 장면이며, 합창대의 표현을 따르자면 "전율"의 장면이다. 어떤 모습일까? 고대 그리스 연극의 가면은 뻥 뚫린 두 눈에서 선혈이 흐르는 모습이었을까? 많은 현대공연들에서 보는 피에 흠뻑 젖은 붕대를 감은 모습일까? 혹은 그냥 드러나 감긴 두 눈 아래 검붉은 피가 응결된 모습일까? 어떤 모습이 관객으로 하여금 "온 몸이 떨리는" 경험을 하게 할 수 있을까? 극중의 합창대 뿐 아니라 그러한 전율의 체험은 1881년 파리 공연의 눈 먼 오이디푸스를 보았던 프로이트를 사로잡아 '오이디푸스 콤플렉스'에 '거세 공포'의 개념을 도입하는 계기가 되었다고 한다.

비극의 효과가 "연민과 공포의 카타르시스(katarsis)"라고 정의한 아리스토텔레스의 관점에서 보면, 아무래도 주인공의 끔찍한 모습에 즉각적인 반응이 일어나는 대단원의 초반은 공포의 감정이 지배적이겠지만 그것은 점진적으로 연민의 감정으로 이행하게 될 것이며, 최종적으로는 공포와 연민의 감정 모두를 넘어서서 – 양자를 '정화'함으로써 – 획득되는 것이 카타르시스가 된다. 그런 맥락에서 카타르시스란 단순히 생리적으로 촉발된 즉각적이고 '순수한' 감정의 덩어리가 아니라 그 감정의 승화된 형태이며, 주인공의 개인적 운명을 인간의 보편적 조건으로 확장하여 수용하는 – 작품에 대한 총체적 이해를 포함하는 – 일종의 '정서적 인식'이다. 카타르시스의 이러한 과정은 대단원 내부의 극적 계기들에 의해 미묘하게 이루어지므로 대단원 자체에 기승전결의 구조가 있음에 유의할 필요가 있다.

스스로 두 눈을 찢은 오이디푸스의 절규는 그의 운명에 대한 관객의 이중적 감정, 곧 공포와 연민을 극대화하는 동시에 정화한다. © Photo Courtesy of Collections de la Comédie-Française (photo de A. Bert)

범죄의 기억으로 찔리고 또 찔리는도다.

합창대장　두 배의 슬픔과 두 배의 근심이 그대를
　　　　　가슴 찢는 고통 속에 울부짖게 하는구려.

오이디푸스　아 친구여! 아직도 내 곁에 있는가?
　　　　　아직도 변함없이?
　　　　　아직도 내 존재를 견딜 수 있는가?
　　　　　눈 먼 이 사람을 아직도 그대는 사랑하는가?
　　　　　친구여, 그대가 거기 있는 줄 아노라.
　　　　　모든 것이 어둠에 휩싸였어도
　　　　　그대의 목소리는 내가 알겠음이라.

합창대장　오, 자신의 눈을 찌르다니?
　　　　　왜 그렇게까지 했어야 하오?
　　　　　어느 누가, 어느 신이 당신을 그렇게 내몰았던가요?

오이디푸스　아폴로요, 친구여. 아폴로 신이 그렇게 했소.
　　　　　오호라! 그러나 이 두 눈을 찌른 그 손은
　　　　　다름 아닌 내 자신의 손이었소.*122
　　　　　왜 내가 눈을 뜨고 있어야 한단 말이요?
　　　　　무엇을 본다고 내 눈이 즐거움을 얻겠소?

합창대　너무나 참혹한 말씀이오.

오이디푸스　친구들이여, 내가 눈을 뜨고 볼 무엇이,
　　　　　소중히 여길 무엇이, 기쁘게 말을 건네고 받을
　　　　　그 누가 내게 남아 있단 말이요?
　　　　　어서 나를 테베 밖으로 쫓으시오.
　　　　　어서 쫓아내시오, 친구들이여!
　　　　　나는 파괴자요 저주받은 자이며
　　　　　무엇보다 하늘이 가증히 여기는 자라!

합창대장　그대가 찾으려 했던 것도 불행이요

그대가 찾고 만 것도 불행이라.

오, 내 그대를 차라리 알지 못하였더라면!

오이디푸스   그가 누구였든 내 발목의 잔인한 족쇄를 풀고

나를 죽음에서 구한 자에게 저주가 있으리라.

그에게 내 감사할 일이 없으니

그날 내가 차라리 죽었더라면

내 자신과 내 혈족에게 이러한

파멸의 고통은 가져오지 않았을 것을.

합창대   나 또한 그러했기를 바라노니 ——

오이디푸스   그랬다면 내가 내 아비를 죽이지도

세상이 나에게 나를 낳은 자의 남편이라 부르지도 않았을 것을.

이제 나는 신의 적이요 죄악의 아들이 되었도다.

나를 낳은 여인이 내 자식을 낳았으니

악을 뛰어넘는 악이 있다면 그것은 온전히 나의 것이라.

합창대장   그렇다고 그대의 선택이 잘 된 것이라 하겠소?

눈을 멀게 하느니 차라리 죽음을 택하는 게 낫지 않았겠소?

*122 돌이킬 수 없는 참담한 지경에 이르렀음에도 불구하고 오이디푸스는 여전히 자신의 운명을 "자신의 손"에서 놓지 않으려 한다. 그리스 비극 전체를 관통하는 주제인 '운명 대 자유의지'의 관점에서 본다면, 오이디푸스의 특유성은 다른 주인공들과 같이 운명 지워진 파국을 맞음에도 불구하고 신적 섭리에 온전히 자신을 복속시키지 않고 끝끝내 개인의 자유의지를 천명한다는 점이다. 뒤집어 말하면, 운명을 신의 탓 – 외적 요인에 기인하는 것 – 으로 돌리기보다 그것의 주체적 결정성을 인정함으로써 자신의 운명에 대한 개인의 '무한책임'을 깊이 인식하는 것이다.

이것이 소포클레스의 〈오이디푸스 왕〉을 전통적 신본주의와 당대에 출현하던 인본주의 어느 한편에 일방적으로 경도하기 보다는 두 시대정신 사이의 팽팽한 긴장을 구현하는 작품으로 만들고 있다. 그러한 비극적 긴장이 문명의 전환기적 현상임을 까뮈(Albert Camus)는 다음과 같이 정의했다 : "비극은 문명의 추가 종교적 사회에서 세속적 사회로 움직여갈 때 발생한다."

오이디푸스   인간이 결정하고 행한 바가 최선인 적이 어디 있었소?

그러니 나를 가르치려 들지 마오.

충고도 그만두오.*123

내가 저지른 죄악은 죽음으로도 갚지 못할 일이거늘

내가 어찌 성한 눈을 가지고 저승에 가서

나를 낳은 아비와 어미를 만날 수 있겠소?

또한 내가 어찌 성한 눈으로 내 자식들을 즐겁게

바라볼 수 있겠소? 그렇게 태어난 그 아이들을?

안되지! 내 눈엔 더 이상 아무런 즐거움도

허락되지 않을 것이오. 이 도시와 웅장한 성곽도

그 어떤 거룩한 신상도 다시는 바라볼 수 없을 것이오.

아 비참하도다!

이 모든 것으로부터

테베인 가운데 가장 높은 혈통에서 태어난 내가

이제는 내 자신이 내린 명령에 의해 쫓겨나야만 하오.

이 땅을 더럽히고 라이우스의 집안과 하늘의 저주를

함께 받은 자는 추방되어야만 하오.

내 죄악의 오점을 내게서 발견하고서도 내 눈으로

그 오점을 바라본다? 결코 그럴 순 없지.

내 귀를 찢어 밀려오는 소리의 물결을 막을 수만 있다면

이 귀마저도 찔러 버렸을 거요.

그래서 내 찢어진 몸뚱이를 운명의 노도로부터 감쌌을 거요.

고통의 영역 바깥으로 도망치고 말았을 거요!

아 키타론 산이여!

왜 나를 품에 안아 주었던가?

왜 그대의 가슴 속에서 내 목숨을 끊어 놓지 않았던가?

그랬더라면 결코 테베인들 사이에 돌아오지 않았을 것을.

오, 폴리부스 왕이여!

오, 내가 태어난 고향이라 믿었던 코린트여!

네가 길러준 것이 무엇인지 어찌 알지 못하였던가?

겉은 미려했으나 속은 추악하기 이를 데 없는 것이었구나!

태어남도 삶도 추악한 것이 바로 나였구나!

오, 음험한 계곡에서 만나는 너, 세 갈래 길이여!

깊은 숲 속 좁은 길이여!

내 손을 통해 흘린 아버지의 피

곧 내 자신의 피를 너는 들이켰구나.

아, 내가 저지른 일을 너는 보았더냐?

테베에 와서 내가 저지를 일을 너는 또한 알았더냐?

너 흉측한 결혼이여!

너는 나를 낳고 또한 내게서 내 자식을 낳았도다.

같은 인간의 혈족 안에서 아비와 형제, 자식들의 피를

그리고 신부와 어미, 아내의 피를 뒤섞어 놓았도다!

*123 보통인간이 감당할 수 있는 이상의 고난을 받은 자, 그 고난을 통해 범상한 인간 세계를 초월한 자, 그리하여 일종의 성(聖)스러움을 입은 자에게 인간적 윤리와 관습적 도덕에 근거한 편협한 충고를 던지는 '속된' 무리들의 사례는 지중해권 및 근동지역의 고대문학에서 자주 발견된다. 성경의 〈욥기〉에서 오이디푸스에 못지않은 고난을 겪는 가운데 신을 원망하는 욥에게 그의 친구들이 욥의 불경을 말하고 그에게 절제와 겸손을 가르치려 드는 것도 그러한 사례의 하나이다.

이어지는 오이디푸스의 긴 비탄의 대사는 대단원 내부의 전환점으로서 지금까지 지배적이었던 공포의 감정('끔찍함')이 연민의 감정('불쌍함')으로 전환되는 결정적 계기가 된다. 하지만 극대화된 공포와 연민이 승화의 단계인 카타르시스에 이르기 위해서는 극의 최종적 인식 – 자신의 운명에 대한 주인공의 마지막 인식은 물론 작품의 주제에 대한 관객의 총체적 인식 – 이 성취될 때까지 기다려야 한다.

친구들이여, 추악한 행위를 말로 씻을 수 없으니
그대들은 어서 나를 추방하시오.
세상의 눈으로부터 숨겨주시오.
죽여주시오!
바다에 던져 넣어 눈에 띄지 않게 해주시오.
그리고 제발 부탁이니 나를 잡아 일으켜 주시오.
고통당한 이 몸에 손대기를 두려워 마시오.
어차피 나 외에는 이 죄악의 짐을 질 사람은 없을 터이니.[124]

합창대장 그대의 탄원에 귀 기울여 줄 크레온님께서 당도하셨소.
그가 적절한 조치를 마련해 줄 것이오.
당신이 비운 자리에 이제 그분이 들어서서
우리의 수호자가 될 것이오.

(크레온 등장)

오이디푸스 오호라! 오호라! 내가 어찌 그에게 말할 수 있으리오?
내가 그를 그릇되게 비방하였으니
내 말이 무슨 보답을 기대할 수 있으리오?

크레온 내가 여기 온 것은 내가 받은 모욕을 갚기 위해서도
당신이 입은 치욕을 비웃기 위해서도 아니오.
다만 당신의 운명이 보여준 오욕이
인간들의 얼굴에 더 이상 각인되지 않도록 해야겠소.
그렇지 않다면 이 땅도, 하늘에서 내리는 비도
견디기 어려운 이 참상으로 인해
만물을 비추는 불꽃이신
저 성스러운 태양신마저도 얼굴을 찌푸리실 거요.
여봐라, 그를 어서 안으로 데려가라.
그의 친족에게 내려진 형벌의 모습은

*124 시체나 나병환자의 경우와 같은 '오염된 몸'에 대한 종교적 두려움은 고대 지중해권 및 근동 문화 일반에 나타나는 현상이다. 그 두려움은 그러한 몸에 대한 기피와 동시에 경외(敬畏)를 유발하는 것이었다. 신의 저주를 받은 자 또는 그로 인해 초인적 수난을 겪은 자의 몸은 물론 신의 능력을 위임받은 예언자의 몸 또한 같은 의미를 부여받았다. 그들은 '신의 손길이 닿은 자'로서의 영적 존재의 위상을 획득하여 그들의 몸에 손을 대는 것은 한편으로는 오염의 위험에 노출되는 것이지만 다른 한편으로는 범상한 인간에게는 직접 허락되지 않는 성스러움에 접촉하는 행위로 여겨졌다. 신의 '저주'와 신적 능력의 위임이라는 '은혜'가 공존하는 것은 – "죄가 더한 곳에 은혜가 더욱 넘쳤나니"(로마서 5 : 20)라는 바울의 말과 같이 – 인간적·세속적 한계를 넘어서는 죄악을 범한 자만이, 또는 인간존재의 그러한 죄성(원죄!)을 각성하는 자만이 인간과 세계의 한계를 깨닫고 진정으로 신성한 세계에 눈을 뜰 수 있음을 암시한다.

극중 맥락과의 직접적 연관은 약하지만, 티레시아스가 '장님' 예언자가 된 것은 신적 영역의 침범 – 여신 아르테미스의 목욕 장면을 훔쳐 본 죄 – 에 대한 저주와 은혜의 동시적 결과이며, 존경과 두려움을 동시에 일으키는 그의 몸에 손을 대는 것은 보통인간들에게는 일종의 금기가 된다. 극중 맥락에 있어서 이 장면의 오이디푸스가 자신의 몸에 손을 대라고 말하고 사람들이 '감히' 그를 부축해 일으키는 것은 한편으로는 '죄악의 짐을 혼자 지겠다'는 오이디푸스의 여전히 초인적인 의지와 다른 한편으로는 두려움에도 불구하고 그의 죄악의 짐을 기꺼이 공유하려는 사람들의 연민에 의해서지만, 궁극적으로는 저주와 은혜의 동시성이라는 초월적 진리에 기댄 것이다.

실제로 이 작품의 마지막 연작인 〈콜로누스의 오이디푸스〉에서 소포클레스는 테베에서의 추방과 함께 예지의 '은혜'를 받은 오이디푸스가 예언자로 살면서 그리스 전역을 방랑하다가 콜로누스에서 최후를 맞이하자 그 지방 사람들이 그를 신의 사당에 모시는 이야기를 들려준다. 죄악과 그로 인한 수난을 통한 인간의 성화(聖化)라는 이 주제는 오이디푸스를 '세상의 죄를 지고 가는 어린 양'으로서의 희생양적 영웅으로 제시하기도 한다.

그의 친족들만이 보아야 할 것임이라.

오이디푸스   그대가 비천한 이 몸을 고매한 태도로 대하니
천상의 신들의 이름으로 부탁컨대 이를 내게 허락하시오.
나를 위해서가 아니라 당신 자신을 위한 청이오.

크레온   그대가 원하는 바가 무엇이오?

오이디푸스   당장 나를 테베 밖으로 추방해 주시오.
아무도 나를 돌아보거나 말 걸지 않고
나 혼자만이 있을 곳으로.

크레온   내 뜻대로라면 벌써 그리했겠으나
먼저 아폴로 신의 의향을 물어보아야겠소.

오이디푸스   아니오, 그의 뜻은 자명하지 않소?
아비의 피를 흘린 범죄자,
이 땅을 더럽힌 자를 처형하라는 것이 아니었소?

크레온   신탁은 그러했지만 지금 이 상황에서는
다시 그 뜻을 묻는 것이 현명한 처사일 것이오.

오이디푸스   나처럼 타락한 자를 위해 다시 신탁을 받겠단 말이오?

크레온   그렇소. 이제 당신이 신의 권능을 믿으니 더욱 그래야겠지.

오이디푸스   믿는다마다. 그리고 당신에게
내전에 쓰러져 있는 여인의 장례를 부탁해야겠소.
바로 당신의 누이니 합당한 일이지 않겠소?
또 내가 살아 있는 동안 내게서
내 아버지의 도시의 시민권을 박탈해주기 바라오.
내 고향은 저 키타론 산중이오 ――
그 곳은 내 부모님이 나의 무덤으로 정하신 곳.
그분들이 일찍이 나를 죽이기로 작정하셨으니
이젠 저 곳에서 그리하실 수 있으리라.
어떤 병으로도 또 다른 연유로도 나는 죽지 않을 것임을

알고 있소. 내가 저 산에서 죽음으로부터 구해진 것은

이 이상한 운명을 충족시키기 위해서였으니

앞으로의 운명 또한 제 갈 길로 나를 인도하리라.

내 아들들은 걱정 마시오.

장성하였으니 어디 있든지 앞가림은 하리다.*125

다만 내 불쌍한 두 딸 ── 언제나 내 식탁 곁에서

나를 위해 준비된 음식을 함께 나눠 먹던 어린 것들!

오 크레온! 청컨대 허락하여 주시오.

그 아이들을 만나게 해 주시오.

그들을 내 품에 안고 그들을 위해 울게 해 주시오.

고매한 크레온이여!

내가 그 아이들을 바라볼 수 있었던 때처럼 단 한번만이라도

그 애들을 다시 내 품에 안아보고 싶소!

---

*125 이 시점의 오이디푸스는 자기의지를 내려놓고 운명에 순종할 관조적 태도를 보이기
도 한다. 그러나 앞일을 어찌 알랴! 장차 두 아들 폴리니세스(Polynices)와 에테오클레
스(Eteocles)가 전투에서 서로를 죽이게 될 '운명'임을. 테베의 패권을 놓고 다투는 오
이디푸스의 아들들에 대한 이야기는 아이스큘로스의 〈테베로 진군하는 7인의 용사
들〉과 유리피데스의 〈페니키아의 여인들〉에 의해 각각 극화되며 〈오이디푸스 왕〉의
다음 연작인 〈안티고네〉의 배경이 되어 있기도 하다.

(오이디푸스의 두 딸 안티고네와 이스메네 등장)*126

아, 이게 뭐지? 아 하늘이여!
내 사랑하는 아이들의 울음소리를 내가 듣고 있는 것인가?
나를 연민한 크레온이 내 사랑하는 딸들을 내게 보낸 것인가?
그런가? 틀림없는 내 딸들인가?

크레온 그렇소. 그 아이들은 언제나 당신의 기쁨이었소.
나도 잘 알고 있소. 그래서 이리로 데려온 것이오.

오이디푸스 하늘이 그대를 축복하고 당신의 이 친절로 인해
더욱 보호해 주시기를!
얘들아, 어디 있느냐? 어디?
오, 내게로 오렴!
와서 내가 너희를 형제의 팔로 안게 해주렴.
한때는 빛나는 아버지의 눈으로 너희를 바라보았지만
이제는 이 손들로 너희를 느끼게 해다오.
그 눈을 가지고도 보지 못했던 너희 아버지는
자기를 낳은 이를 너희에게 어머니로 주고 말았구나.
이제 난 너희를 볼 수 없지만 너희를 위해 울 수는 있단다.
너희가 겪는 이 불행을 위해
너희가 살아갈 슬픈 삶을 위해 울 수는 있단다.
시민들의 어떤 모임, 어떤 축제에 너희가 함께 할 수 있겠니?
사람들과 어울려 누릴 기쁨 대신에
홀로 집으로 돌아가 울음으로 지새야 할 너희의 운명.
결혼할 나이가 찼을 때 어느 남자가 내가 내 부모와
또 너희에게 가져온 이 치욕과 파멸을 걸머지려 하겠니?
차고도 넘치는 이 치욕 ——
너희 아버지는 그 아비를 죽이고

자신을 낳은 어미와 결혼하여

자기가 나온 그 모태로부터 또한 너희를 낳았구나.

세상은 이 죄악의 오점을 너희에게서 보겠지.

그러니 누구라서 너희를 신부로 맞이하겠니?

아무도 없을 거야.

결국 너희는 혼인의 축복을 받지 못한 채 시들어가고

*126 두 딸의 등장은 마침내 대단원 내부의 절정을 이룬다. 참혹한 오이디푸스의 모습이 보는 이에게 공포를 일으키고 자신의 운명에 대한 그의 비탄이 듣는 이에게 연민을 일으킨다면, 이 장면은 처참한 신세로 전락하여 만인의 연민의 대상이 된 주인공 자신이 그의 딸들에게 느끼는 지극한 연민을 제시함으로써 제3의 감정을 발생시킨 다. 그것은 지금까지 축적된 극도의 공포와 지극한 연민이 인간 감정의 용량을 모두 소모했음에도 불구하고 그 이후에 다시 소생하는 연민의 감정으로서, 이 끈질긴 지속성 또는 감정의 '부활'을 통해 〈오이디푸스 왕〉은 마침내 감정의 승화된 형태와 그에 따른 새로운 – 비극적 인식 이후의 최종적 – 인식을 가져오게 된다. 그것이 어떤 인식인지 이어지는 오이디푸스의 말을 경청해보자.

"얘들아 어디 있느냐. 내게로 와서 내가 너희를 형제의 팔로 안게 해주렴. 이제 난 너희를 볼 수 없지만 너희를 위해 울 수는 있단다." © Photo Courtesy of Prague National Theatre

자손도, 삶의 다른 어떤 결실도 보지 못하겠지.

아 크레온이여!

이제 이 아이들에게 그대 외에는 부모 될 자가 없소.

내 어머니이자 그들의 어머니인 그대의 누이도

이젠 그들을 돌볼 수 없소. 그러니 이 아이들이

집 없는 거지가 되어 쫓겨나지 않도록 해 주시오.

이 아이들은 그대의 친족이오.

그들을 불쌍히 여겨 주시오. 당신 밖에는 기댈 데가 없는

너무나 어리고 너무나 비참한 아이들이오.

선량한 크레온이여, 제발 그러마고 약속해 주시오!

그대의 손을 들어 맹세해 주시오.

내 딸들아, 이 아비가 가르치기엔 너희는 너무나 어리구나.

그래도 너희는 아비가 앞으로 살아야 할 삶을 위해

기도해 줄 수 있겠지? 그것이 어떤 삶이 되더라도 말이다.

너희는 너희를 낳은 아비보다는 제발 복된 삶을 살아라.*127

크레온	자 이제 그만 울음을 끝맺고 안으로 들어가시오.
오이디푸스	그래야 한다면 그러리다. 비록 내 원하는 바는 아닐지라도.
크레온	모든 일에는 때가 있는 법이오.
오이디푸스	그렇다면 지금 당신이 해야 할 일을 모르겠소?
크레온	말해준다면 듣겠소.
오이디푸스	테베로부터 나를 추방하시오, 아주 멀리 말이오.
크레온	이를 결정할 이는 내가 아니라 신들이시오.
오이디푸스	나만큼 신들이 미워하실 인간이 어디 있겠소?
크레온	그렇다면 신들도 그대가 원하는 바를 허락하실 거요.
오이디푸스	약속하오?
크레온	아니, 아니오! 내가 모르는 것을 함부로 말할 수는 없소.
오이디푸스	그럼 날 안으로 데려 가시오. 나 또한 아무 말 않으리니.

"결혼할 나이가 찼을 때 어느 남자가 내가 너희에게 가져온 이 치욕과 파멸을 걸머지려 하겠니? 누구라서 너희를 신부로 맞이하겠니?" : 가장 낮은 곳에 처한 인간에게서 발견하는 연민의 능력, 그것이 짐승으로 전락한 오이디푸스를 다시 인간으로 회복시키는 힘이다. ⓒ Photo Courtesy of Collections de la Comédie-Française

*127 오이디푸스의 마지막 말이라고 할 수 있는 이 대사는 그가 이제 자신의 운명에 대한 원망이나 비탄을 넘어섰음을 보여준다. 어쩌면 '나는 짐승이다'라는 절망적인 자기인식까지도 넘어섰는지도 모른다. 어린 두 딸을 부둥켜안고 하염없이 흘리는 사랑과 염려와 축복의 눈물을 통해 오이디푸스는 '아버지'가 되기 때문이다. 딸들에 대한 인간적 연민을 통해 다시 '인간'이 되기 때문이다. 돌이켜보면, 빛나던 존재로서 신에까지 비견되던 위대한 인간 오이디푸스는 바로 그 빛과 위대함 – 또는 지혜와 오만 – 에 의해 짐승의 존재로 전락하고 말았다. 그런 그를 존재의 나락에서 구원해내어 다시 인간의 반열에 복원시키는 것은 다시 찾는 빛과 위대함이 아니라 눈물의 연약함, 곧 "누구라서 너희를 신부로 맞이하겠느냐"라는 어린 딸들의 막힌 혼사에 관한 '사소'하기 짝이 없는 지극히 개인적이고 가정적인 감정이다.

오이디푸스 '왕'의 파멸이 '인간' 오이디푸스를 다시 태어나게 한다는 이 역설적 인식이야말로 관객이 획득하는 이 극에 대한 총체적 인식이자 오이디푸스의 비극이 절망을 넘어서 결실하는 인간존재에 대한 궁극적 긍정이다. 그런 맥락에서 비극은 흔히 생각하듯 '비극적'이 아니다. 비극적 행동이 주인공의 삶이 정점에서 나락으로 수직하강하는 추락의 궤적을 그려내고 비극적 인식은 신의 위상을 넘보는 오만으로부터 짐승의 존재로 전락하는 치욕에 이르기까지의 극단적인 자기인식을 담고 있지만, 〈오이디푸스 왕〉의 대단원이 빚어내는 비극적 "해결"은 더 이상 내려갈 수 없는 바닥을 치고 미약하게나마 반등하기 시작하는 주인공의 '인간적인, 너무나 인간적인' 모습을 통해 인간의 겸허한 자기인식을 최종적으로 배태하는 것이다.

크레온	먼저 아이들을 떼놓고 들어가시오.*128
오이디푸스	뭐라고? 애들을 내게서 떼놓으라고?
	그렇게는 못하오.
크레온	만사 자신의 뜻대로 하려고 하지 마시오.
	그대의 뜻대로 행한 일이
	그대를 파멸에 이르게 했음을 잊지 마시오.

(모두 퇴장)

합창대	오, 조국 테베의 시민들이여 —— 보라, 그가 오이디푸스다!
	스핑크스의 수수께끼를 풀고 권세 당당했으니
	누구라서 그의 행운을 선망의 시선으로 바라보지 않았던가.
	그러나 보라!
	그러한 그가 어떻게 참혹한 고뇌의 풍파에 휩쓸렸는가를!
	그러니 우리의 눈이 인생의 마지막 날을 보기까지는
	삶의 종말을 지나 고통에서 영원히 해방될 때까지는
	필멸의 인간 어느 누구도 행복하다 기리지 말라.*129

─끝─

*128 끝까지 신중하고 '경건한' 크레온의 경고는 감염을 두려워하여 오이디푸스의 '오염된 몸'으로부터 그의 딸들을 떼어놓으려는 것이다. 그것은 한편으로는 아비의 죄를 이어받지 않게 하려는 배려이지만 또 한편으로는 '죄인'에 대한 단죄의 시선을 거두지 않음을 의미한다. 하지만 크레온의 편협한 경건함이 이해하지 못하는 것은 이미 '신의 손길이 닿은' 오이디푸스의 몸에 손을 대는 것은 죄의 감염이 아니라 ─ 손대는 자의 연민에 의해 가능해지는 ─ 성스러움에의 참여라는 사실이다. 크레온의 몰이해에 함축된 도덕적 경직성과 편협성이 연작 〈안티고네〉에서 그를 파멸에 이르게 하는 비극적 과오가 됨은 어쩌면 '당연한' 아이러니이다.

*129 이 극의 종언이 되는 합창대의 노래는 무한한 가능성과 불굴의 상승의지를 가진 한 인물의 파멸을 통해 인간의 유한성을 인정하고 수긍하는 '비극적 긍정'을 극의 결말

로 제시한다. 그리고 그러한 가능성과 의지의 추구가 정도의 차이는 있을지라도 모든 인간에게 내재한다는 점에서, 보통인간이 감당할 수 없는 운명을 진 – 그리고 시대정신을 앞서간 – '예외적' 인간인 오이디푸스는 '대표적' 인간이 된다.

그런데 이 예외성과 대표성이 한 개인에게 동시적으로 구현되는 것은 종종 – 종교적 의미에서건 사회적 의미에서건 – 그 개인의 희생양적 성격에 의해서이다. "보라, 그가 오이디푸스다!"라는 합창대 노래의 첫 구절은 성경 복음서에서 채찍질 당한 후 가시관을 씌우고 붉은 옷을 입힌 예수가 병사들에게 끌려 왔을 때 총독 빌라도가 했던 말, "저 사람을 보라"(Ecce Homo–에케 호모)를 환기시키는 표현이다. '세상 죄를 대신 지고 가는 하나님의 어린 양'과 아비를 죽이고 어미와 '붙어먹은' 끔찍한 자신의 죄를 스스로 지는 오이디푸스를 굳이 비교하는 것은 양자 모두 (초)인간적 수난을 통한 죽음을 겪고 – 실재적이든 상징적이든 – 부활과 영생을 획득하기 때문이다.

물론 양자 모두 그들의 인격과 삶을 통해 인간의 한계에 도전했으나, 전자는 유한성을 돌파하여 신성을 획득했고 후자는 그 유한성에 굴복하여 인간으로 남았다는 차이가 있을 수는 있다. 그 차이에도 불구하고 십자가 위에서 찢긴 예수가 그러하듯 만신창이가 되어 길 떠나는 오이디푸스 또한 '만인이 바라보는' 대상이 됨으로써 우리에게 절대 진리에 의한 부활의 생명은 아닐지라도 절망과 희망, 선과 악을 넘어서는 인간성의 깊은 신비에 대한 통찰을 남기게 된다.

오이디푸스를 바라본다는 것은 무엇보다 '나는 누구인가'라는 실존적이고도 역사적인 질문에 직면하는 일일 것이다. 오이디푸스를 바라본 기원전 5세기의 아테네인들은 종교에 기반한 전통적 윤리와 인간해방을 선포하는 인본주의의 새로운 가치관 사이에 찢김을 당하는 자신들의 모습을 발견했는지 모른다. 〈오이디푸스 왕〉의 후대의 관객과 독자들 또한 각 시대와 사회가 처한 지배적 가치관의 전환점에서 – 세 갈래 길 앞에 망연자실한 오이디푸스처럼 – 어느 길로 나아가야 할지 망설이고 있는 자신의 모습을 발견할지 모른다.

그것이 어느 시대든 오이디푸스가 우리에게 궁극적으로 들려주는 말은 '너희는 눈 뜬 장님이다'라는 것이다. 본다고 믿으면 보지 못하며 보지 못한다고 깨달을 때 비로소 볼 수 있다는 것이다. 그래서 인간의 최선은 두 눈 부릅뜨고 더 많이 보고 더 높은 곳을 향해 찬란한 날갯짓을 할 것이 아니라 진리에 눈 먼 두 눈을 감고, 스핑크스의 수수께끼가 일깨우는 지팡이에 의지하여, 어둠과 미망의 세계를 오이디푸스의 부르튼 발로 한 걸음 한 걸음 더듬어 나가는 일이라는 것이다. 오이디푸스는 우리의 그러한 깨달음을 위한 희생양이다. 그의 빛나던 이성의 눈에 못이 박힘으로써 우리의 지혜가 비로소 일깨워지고 그의 퍼덕이던 날개가 꺾임으로써 우리의 고단한 열망이 마침내 쉼을 얻는다.

아테네의 디오니소스 극장 유적

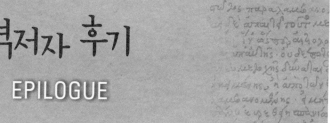

역저자 후기

EPILOGUE

부르튼 발로 디오니소스 극장을 나서며

가면과 얼굴, 연극과 현실, 디오니소스와 아폴로

〈오이디푸스 왕〉의 – 몇 번째인지는 알 수 없으나 – 재상연이 있었던 기원전 429년 아테네의 디오니소스 극장을 상상해보자. "디오니소스의 도시" 축제의 꽃인 연극경연대회 관람을 위해 시민들은 아침부터 시가지를 굽어보는 언덕 중턱의 아크로폴리스(Acropolis) 광장을 거쳐 언덕 정상에 위치한 파르테논(Parthenon) 신전에 도착한다. 하지만 그들의 목적지는 이 정치와 종교의 공식적·현실적 중심지가 아니다. 행렬은 올림푸스의 신위를 모신 파르테논 신전을 넘어 이내 언덕 뒤편의 가파르게 경사진 길로 이어진다. 그 아래 올림푸스 신위에 들지 못한 반신반인 디오니소스의 작은 사당을 배경으로 수천 명을 수용하는 계단식 석조 객석과 그것이 둘러싸고 있는 원형의 공간이 펼쳐진다. 그 '오케스트라' 안에는 〈오이디푸스 왕〉을 비롯한 여러 편의 비극을 선보일 경연 참가자들이 이미 도열해 있다. 그리고 각 공연팀 선두에 놓인 거치대 위에 걸린 형형색색의 가면(character)들이 관객을 맞이한다. 도시의 가장 먼 외곽이자 문명과 야만의 경계를 형성하는 이 극장에서 시민들은 가면을 손에 든 연극의 수호신 디오니소스를 만난다. 그리하여 그들은 디오니소스를 따라 현실의 윤리적 시공간을 벗어난 마법과 꿈의 세계로 들어서는 것이다.

오케스트라 중심에 위치한 디오니소스의 제단에 간략한 제례가 있은 다음, 첫 공연작인 〈오이디푸스 왕〉이 시작된다. 오이디푸스 역, 크레온/코린트의 목자/전령 역, 티레시아스/요카스타/테베의 목자 역을 각각 맡을 세 배우를 필두로 이십여 명의 합창대는 가면 거치대를 높이 들고 스케네(*skene* : 단상 무대의 뒷벽) 뒤로 퇴장한다. 이윽고 스케네 옆에 자리한 악사들에 의해 비탄과 절망의 음악이 연주되는 가운데 탄원자의 무리가 올리브 나뭇가지와 향불을 들고 오케스트라로 들어서면서 마침내 연극이 시작된다. 향불 연기가 번져 무대 공간을 가득 채우는 순간, 황금빛 어의를 입고 황금빛 왕관의 가면을 쓴 오이디푸스 왕이 코투르나이(*kothurni* : 20~25센티 높이의 무대용 신발)의 높이만큼 큰 키로 스케네 앞 단상 위에 위풍당당하게 등장한다 : "나 오이디푸스가 왔노라." 무대 위의 이 '크고 빛나는' 인간을 보는 순간 관객들은 태양신 아폴로의 영광을 목도하는 착시와 환각에 빠져든다. 그렇게 오이디푸스의 드라마는 위대한 인간에 의한 신위(神位) 찬탈의 드라마로 펼쳐지기 시작한다.

공연이 시작된 지 두 시간 남짓, 아테네의 늦은 봄 햇살은 뜨거워지고 작열하는 태양(신)은 중천으로 솟아오른다. 아폴로의 현존 앞에서 운명의 '놀이'를 벌이는 배우들을 보면서 객석의 관객은 한편으로는 인간의 무한한 열망과 도전에 감동하면서 다른 한편으로는 그들이 살아가는 이 치열한 인생이 결국은 신들이 구경하는 놀이에 불과함을 어렴풋이 깨닫기 시작한다. 숱한 안타고니스트(antagonist)의 가면들이 등장하여 오이디푸스를 위협하는 가운데 프로타고니스트(protagonist)의 가면이 땀에 젖어 미끄러져 내리기 시작한다. 아폴로의 빛이 이글거리며 타오르자 황금빛 왕의 가면 뒤에 숨겨졌던 오이디푸스의 얼굴이 드러나기 시작한다. 그것은 놀랍게도…야수의 얼굴이다! 그것도 눈 먼 야수의 얼굴이다. 오이디푸스의 황금빛 가면에 열광했던 관객은 이제 충격에 휩싸여 전율한다. 그 전율 속에서 오이디푸스가 던졌던 물음을 스스로에게 묻는다 : "나는 누구인가?" 몇몇 관객은 고통스럽게 고백한다 : "나도 야수가 아닌가, 나도 한 마리 눈 먼 짐승에 불과하지 않은가!" 그 고백과 함께 오이디푸스와 자신, 그리고 모든 인간을 위한 연민의 눈물을 쏟는다.

하지만 공연은 거기서 끝나지 않는다. 비극은 이 짐승에게 인간의 얼굴을 되돌려준다. 어린 두 딸을 부둥켜안고 하염없이 흘리는 아비의 눈물 속에서 인간은 가장 낮고 동시에 가장 높은 존재가 된다. 인간 존재의 미미함과 위대함은 서로 다른 것이 아니기 때문이다. 그 역설을 구현하는 오이디푸스의 가면과 얼굴은 만인이 바라보는 인간성의 표상이 된다. 관객은 그 가면/얼굴을 바라봄으로써 인간으로서의 자신을 궁극적으로 긍정하게 된다. 눈 먼 오이디푸스가 두 딸과 지팡이에 의지하여 방랑의 길을 떠나는 것을 바라보면서 관객은 오이디푸스의 '부르튼 발'을 자신의 것으로 인식한다. 오이디푸스의 지금까지의 여정 속에서 자신을 발견했던 관객은 앞으로의 여정 속에서도 그와 함께 하리라 생각한다. 삶의 현란한 유혹들에 눈을 닫고 고단한 인생의 여로를 부르튼 발로라도 끊임없이 걸어가야겠다고 다짐한다.

공연이 끝나고 합창대에 둘러싸여 세 명의 배우가 객석을 향해 도열한다. 한 순간도 무대를 떠나지 않은 오이디푸스 역의 배우는 물론 1인 3역을 도맡아 수행한 다른 두 배우들도 땀에 흠뻑 젖은 얼굴로 관객을 대한다. 가면은 벗어든 채 코투르나이 위에 우뚝 서 있는 배우들을 향해 열광적인 박수를 보내며 관객은 경탄에 잠겨 생각할지 모른다 : "배우는 신의 가면을 쓴 인간이다." 갈채가 이어지는 사이 합창대는 가면 거치대를 스케네 위로 가져오고 배우들은 허구의 세계에서 그들을 신으로 만들었던 가면들을 거치대에 하나하나 걸기 시작한다. 햇살같이 빛나는 오이디푸스 왕의 황금빛 가면, 뻥 뚫린 두 눈 아래 영계(靈界)의 유현(幽玄)함이 감도는 티레시아스의 가면, 신중과 겸손으로 눈꼬리를 내리고 경직성과 편협함으로 미간을 좁힌 크레온의 가면, 아내의 극진한 사랑과 어머니의 처참한 비탄이 뒤섞여 입매가 일그러진 요카스타의 가면, 둘 다 볼품없는 주름투성이지만 생의 질곡에 대한 지식의 차이로 갈리는 코린트와 테베의 목자 가면들, 그리고 마지막으로 '차마 바라볼 수 없는' 오이디푸스의 눈 먼 가면이 거치대 위의 제 자리를 찾으면 관객의 시선은 배우의 얼굴을 떠나 가면의 표정에 사로잡힌다. 찰나의 희로애락을 하나의 표정으로 영원히 응고시킨 그 가면들을 보며 관객은 앞서 했던 생각을 뒤집는다 : "배우가 아니라 가면 속에 신이 있다."

하루의 경연 일정이 끝나고 〈오이디푸스 왕〉 공연이 올해의 우승작으로 선정되자 관객은 다시 한 번 환호한다. 객석에서 일어난 관객들은 상품으로 받은 염소새끼를 앞세우고 가면 거치대를 다시금 높이 든 우승한 배우들과 합창대의 행렬을 따라 오케스트라를 벗어나 스케네 뒤 작은 평지에 세워진 디오니소스의 사당으로 몰려간다. 그곳에서 염소는 제물로 바쳐지고 가면들은 사당 안에 들여진다. 오이디푸스는 이제 디오니소스와 함께 있다.

공연 후 신전에 봉헌된 가면 (기원전 2세기)

피 흘리는 염소와 같이 희생양으로 바쳐진 오이디푸스는 파괴와 창조, 죽음과 부활의 신성(神性)에 참여한다. 이 마지막 희생 제의에 참가한 모든 이에게 신성(神聖)이 허락된다. 신들이 구경하는 인간의 놀이에 참관을 허락받았던 관객들은 이제 그들의 삶의 터전, 도시로 되돌아간다. 사당으로부터 뒤돌아서면 진노의 불길을 거둔 아폴로의 빛이 황혼으로 물들고 이제 디오니소스의 영토를 떠나는 이들을 안온하게 맞이한다. 하지만 아폴로의 세계로 되돌아가는 그들의 등 뒤에서 디오니소스는 말한다 : "너희는 다시 돌아오리라. 와서 나의 성스러운 춤에 참예하리라." 디오니소스 곁에 선 오이디푸스도 외친다 : "잊지 마라, 너희는 눈 먼 짐승이다!" 바람결에 듣는 오이디푸스의 목소리에 환상과 초현실의 세계를 떠나 일상과 현실로 돌아가는 시민들의 발걸음은 오이디푸스처럼, '부르튼 발'처럼 저려온다.

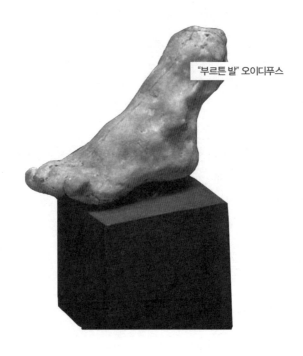

"부르튼 발" 오이디푸스

아테네 연극경연대회 입상작들이 기록된 기념비

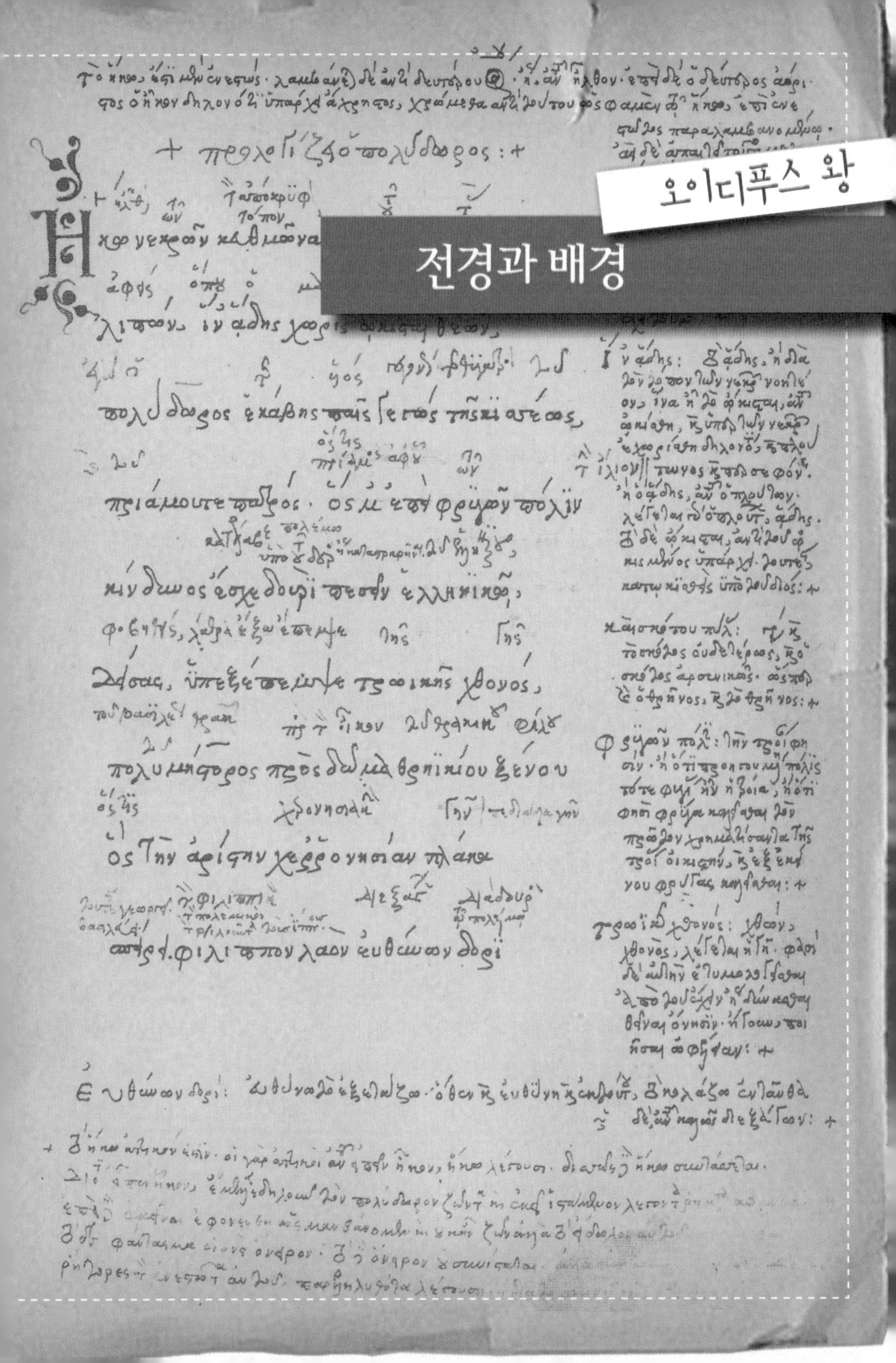

전경과 배경

고대 그리스 연극 : "인간은 만물의 척도"

기원과 발달

서구 연극의 기원이면서 동시에 가장 뛰어난 예술적 성취의 하나로 손꼽히는 고대 그리스 연극은 기원전 6세기 중반 아테네(Athens)에서 행해진 "디오니소스의 도시"(City Dionysia)라는 축제의 일환으로 자리 잡으면서 발흥했다. 이 축제는 10개 부족 공동체의 연합으로 형성된 도시국가(polis) 아테네가 그 구성 부족들 간의 화합을 도모하기 위해 매년 봄 거행했던 국가적 행사였고, 기원전 5세기 아테네가 그리스 전역의 정치적 중심지로 발전하면서 다른 도시국가들이나 지중해 연안의 나라들에서도 참관객들이 찾아옴으로써 국제적 행사의 면모를 띠게 되었다.

축제기간 동안 연극은 경연 형식으로 이루어졌는데, 비극 3편과 목양신극(Satyr Plays : 반인반수의 목양신들이 등장하는 노래와 춤으로만 이루어진 연극) 1편, 또는 희극 3편과 목양신극 1편이 하나의 작품으로 출품되었고, 10개 부족의 대표자들이 심사위원으로 참가하여 투표의 형식으로 그 우열을 가렸다. 원칙적으로 국가의 재정적 보조로 모든 제작이 이루어졌으나 유복한 시민 개인이 후원자로 작품 제작의 경비를 대는 경우가 많았다. 배우와 합창대, 그리고 종종 연출가의 역할까지 해내야 했던 작가 모두가 일반 시민들로 이루어져 있었으며 관극은 시민의 의무이기도 했다.

이러한 제도적 정착 이전의 기원에 대해서는 여러 이론이 있다. 호머 이후(기원전 8세기) 『일리어드』(Illiad)의 영웅담들을 음유시인들이 연극적으로 부분 재현한 데서 비롯되었다고 하기도 하고, 그보다 더 오래 전 각 지방에 연원을 둔 영웅숭배 제의들에서 발전되었다고 하기도 한다. 아마도 가장 유력한 이론은 아리스토텔레스가 『시학』(*The Poetics*, 기원전 350년경)에서 밝히고 있는 바, 기원전 6세기까지도 그 흔적이 발견되는 풍요의 신 디오니소스(Dionysus)의 숭배제의인 디씨램(*Dithyramb*)이 그 모체라는 설이다. 주로 영웅설화를 다루는 그리스 연극의 제재적인 측면은 전자의 이론이, 다수의 합창대(코러스)와 가면을 쓴 배우 그리고 희생제의적 구조 등 공연적 요소는 후자의 이론이 각각 잘 설명해준다는 점에서 이러한 다양한 기원이 제도적 정착 단계에서 융합된 것이 아닌가 한다.

목양신극의 준비 장면

작가와 작품

수세기에 걸쳐 이루어졌던 "디오니소스의 도시"에 출품된 작품은 적어도 천여 편을 상회하겠지만, 오늘날 현존하는 희곡은 다섯 명의 작가에 의한 47편에 불과하다. 다음은 그 작가들과 오늘날까지도 빈번히 공연되는 그들의 대표작들이다.

🏵 비극

아이스큘로스(B.C. 525-456) : 〈아가멤논〉〈제주를 바치는 여인들〉〈자비의 여신들〉(이상 "오레스테스" 3부작)〈결박된 프로메테우스〉〈페르시아인들〉〈테베를 향하는 7인의 용사〉〈탄원자들〉

소포클레스(B.C. 496-406) : 〈오이디푸스 왕〉〈안티고네〉〈콜로누스의 오이디푸스〉(이상 "테베" 3부작)〈엘렉트라〉〈트라키아의 여인들〉〈아이작스〉〈필록테테스〉

유리피데스(B.C. 484-406) : 〈메디아〉〈트로이의 여인들〉〈바커스의 여신도들〉〈안드로마케〉〈엘렉트라〉〈아울리스의 이피게니아〉〈타우리케의 이피게니아〉〈히폴리투스〉

아이스큘로스

소포클레스

유리피데스

🌀 희극

아리스토파네스(B.C. 450-385) : 〈구름〉 〈평화〉 〈개구리들〉 〈새들〉 〈리시스트 라타〉 〈벌〉 등

메난드로스(B.C. 342-280) : 〈사모스의 여인〉 〈방패〉 〈농부〉 〈사기꾼〉 〈불평 꾼〉 〈영웅〉 〈아첨꾼〉 등

비극의 경우, 세 작가의 현존하는 작품들은 아테네가 가장 흥왕했던 기원 전 5세기 전 시기에 걸쳐 분포되어 있고 그 중 몇 편은 기원전 4세기에 당시 로서는 유례가 없었던 재상연의 기록을 남길 만큼 당대의 평가도 높았던 작 품들이다. 역사적 사실을 극화한 아이스큘로스의 〈페르시아인들〉을 제외하 면 현존하는 모든 비극 작품은 그리스 신화와 호머의 서사시, 또는 민간 설 화들을 극화한 것이다.

다양한 소재에도 불구하고 이들 작품이 공통적으로 보여주는 것은 운명 에 맞서 싸우는 개인의 모습이다. 어머니를 살해한 죄의식에 사로잡힌 채 운 명의 여신들에게 쫓겨 다니는 도망자(아이스큘로스의 〈오레스테스 3부작〉), 신들의 의지에 항거하는 또는 신적 차원으로 도약하려는 영웅적 인물(소포 클레스의 〈오이디푸스 왕〉), 혹은 전쟁의 참화 끝에 생존한 참담한 여인의 모습(유리피데스의 〈트로이의 여인들〉) 등, 다양한 양상으로 나타나는 비 극적 주인공들은 그들에게 주어진 운명의 굴레를 벗어나려고 몸부림친다. 제우스를 위시한 올림푸스 산의 신들이 표상하는 초월적 운명 앞에 마주선 한계 지워진 존재로서의 인간, 그것이 그리스 비극을 관통하는 핵심적인 이 미지이다.

하지만 이 공통된 이미지를 둘러싸고 펼쳐지는 상기한 세 비극작가의 주 제의식은 기원전 5세기 아테네의 사회적 변천과 시대정신의 변화를 순차적 으로 그리고 대조적으로 조명하고 있다. 부족 연합으로서의 도시국가 체제 가 막 제도적 정착기에 접어든 세기 초반의 아이스큘로스(Aeschylus)는 새

로운 국가 질서의 수립이라는 시대적 요구를 집단 윤리로서의 종교에 수용, 개인으로서의 인간이 운명에 굴복하며 동시에 수긍하는 모습을 그려낸다. 그의 작품에서 신의 의지 또는 신탁은 - 그것은 동시에 도시국가의 법적 질서에 형이상학적·윤리적 토대를 제공하는 것인데 - 분명하고 거역할 수 없는 절대적인 것이다. 30년 정도의 간격을 두고 등장한 소포클레스(Sophocles)는 공동체적 질서라는 전통적 가치가 새롭게 태동하는 인본주의적 가치에 의해 도전 받는 모습을 묘사하기 시작한다. 신의 의지를 거역하는 '뛰어난 개인'의 출현과 함께 신탁 자체가 이제는 이중적이거나 모호한 어떤 것으로 변화한다. 말하자면 공동체적 가치인 '법과 정의'가 자유를 추구하는 개인적 주체에게 억압으로 작용하는 것이다. 그러나 극의 결말에서 그 '뛰어난 개인'의 파멸을 통해 소포클레스가 다소 보수적인 관점을 유지하고 있다면, 동시대인인 유리피데스(Euripides)는 신탁이 사라진 세계에서 상대화될 수밖에 없는 개인적 가치들의 충돌을 긍정적으로 표현함으로써 진보적인 관점을 제시한다. 인간은 더 이상 종교적 속박이나 집단적 윤리에 예속되지 않는 자유로운 존재로 - 물론 그 자유는 대가를 요구하기는 하지만 - 새롭게 태어난다. 유리피데스 사후 몇 년이 지나지 않아 철학자 프로타고라스(Protagoras)는 "인간은 만물의 척도이다"라는 선언으로 고대 그리스 인본주의의 요체를 명료화했다.

비극에 비해 다소 늦게 출현한 희극의 경우, 두 작가의 현존하는 작품은 거의 한 세기의 간격을 두고 있다. 유리피데스와 동시대인인 아리스토파네스(Aristophanes)의 작품을 "구희극"이라 분류하는데, 전쟁, 교육, 세금 문제 등 사회 정치적 쟁점들이 그 주된 소재이며, 위정자들을 위시한 사회의 엘리트 집단의 우둔함과 부패상을 풍자함으로써 상식에 입각한 온전한 사회의 회복을 그 주제로 삼는다. 사회적 비판의식을 근간으로 하는 구희극과는 매우 대조적으로 기원전 3세기 후반 메난드로스(Menanderos)의 "신희극"은 결혼, 질투, 탐욕, 허영 등 개인적 도덕률에 관한 문제를 가정 희극의 형식에 담고 있다. 사랑하는 두 남녀가 나이 많고 부유한 구혼자를 강요하는 부모의 반대에 부딪혀 겪는 우여곡절, 서로의 뜻을 관철하기 위해 동원되는 계교, 오인에 의해 빚어지는 우스꽝스러운 상황 등, 오늘날까지도 지속되고 있는 희극의 공식이 이 신희극에서 유래된다.

비극의 구성

철학자 아리스토텔레스(Aristotle)는 그의 『시학』에서 비극의 구성 요소를 플롯, 대화, 주제(사상), 성격(인물), 스펙터클(볼거리), 음악 등 여섯 가지로 정의했다. 그 가운데 극중 사건의 순차적 배열방식인 플롯을 "비극의 생명"이라고 아리스토텔레스는 강조했는데, 그것은 내러티브를 기반으로 하는 예술의 일반적 원리이면서, 동시에 당시 관객의 기대를 염두에 둔 것으로 보인다. 비극의 소재가 널리 알려진 신화에서 얻어졌으므로 관객은 극의 제목만으로도 이미 내용의 개요를 알게 되고, 따라서 기지(既知)의 내용이 어떤 새로운 방식으로 이야기되는가가 관극의 초점이 된다. 실제로 상기한 세 비극작가는 모두 엘렉트라(Electra : 아가멤논의 딸이자 오레스테스의 누이)의 이야기를 극화했는데, 그들의 작품은 각각 사건 전개의 시점과 순서, 신화에 나타난 그 인물에 관한 특정 에피소드의 삽입과 삭제, 새로운 에피소드의 창안과 새로운 성격 창조 등에 있어서 큰 차이를 보인다.

아리스토텔레스가 이상적인 것으로 생각한 플롯은 〈오이디푸스 왕〉과 같이 극이 위기적 상황 바로 직전에 시작하여 사건의 전개와 함께 감춰진 사실들이 점차 밝혀짐으로써 절정으로 치닫는 구성이다. 이 절정이 지금까지 전개되어 오던 상황의 단순한 결과로서가 아니라 상황의 "역전"(또는 급전 : peripeteia)에 의해 이루어지고, 또 역전된 상황을 통해 어떤 중대한 사실 또는 진리에 대한 "인식"(anagnorisis)을 결과할 때 더욱 효과적인 플롯이 된다. 이에 더하여, 극중 상황이 시종일관 한 장소에서 진행되고 하루의 시간 안에 완결된다면 더욱 긴밀하고 압축적인, 그래서 강도 높은 극적 긴장감이 성취되는 최선의 플롯이라는 것이 그의 주장이다.

아리스토텔레스는 또한 비극적 주인공에 대해 "희극적 인물이 보통이하의 인간이라면 비극적 인물은 보통이상의 인간"이라고 정의한다. 이때 '보통이상'이라는 것은 신분의 고귀함뿐 아니라 고매한 성품이나 뛰어난 지력 등 인격의 고유한 가치를 포함하는 의미이다. 더욱 중요한 것은 그와 같이 뛰어난 인물이 파멸에 이를 수밖에 없는 원인이 초월적 운명은 물론 그 인물의 성격 내부에서도 찾아져야 하는데, 그러한 치명적인 성격적 결함을 "비극적 과오"(*hamartia*)라고 부른다.

비극은 – 희극의 경우도 마찬가지인데 – 배우들의 대화(*agon* : 원래 '토론'이라는 뜻)로 이루어진 장면과 합창대의 노래와 춤으로 이루어진 장면(*stasimon* : 원래 '장단'이라는 뜻)이 교체 반복되는 구성을 가진다. 배우들의 대화 장면은 주로 인물들 사이의 상반된 의지와 그로 인한 갈등을 드러내고 그 갈등의 전개를 통해 극중 상황의 진전을 가능하게 한다. 합창대의 장면은 주어진 상황을 일반적으로 설명하거나, 대화 장면에서 드러나는 갈등을 인간 의지의 대립(물리적 갈등)으로서만이 아니라 윤리적 가치의 대립(형이상학적 갈등)으로 제시하기도 하며, 노래와 춤의 리듬을 통해 극중 상황의 속도감과 분위기를 조절하기까지 한다.

아리스토텔레스는 비극의 바람직한 효과를 "연민과 공포의 카타르시스"(*catharsis* : 원래 '동종요법'이라는 뜻으로서 일반적으로 '정화작용'으로 번역됨)라고 정의했다. 관객은 비극적 주인공이 겪는 처참한 운명을 간접 체험함으로써 그러한 운명에 대한 공포감을 느끼는 한편, 실제로는 주인공의 운명에서 비켜서 있다는 안도감과 함께 주인공에 대한 연민을 동시에 느끼게 된다. 이러한 복합적 감정은 무대 위의 사건이나 인물에 대한 관객의 동일감과 거리감이라고 바꿔 생각해볼 수 있다. 훌륭한 비극은 이러한 감정을 극대화하며 극중 상황의 결말과 함께 극복·해소시킴으로써 심리적 해방감과 동시에 일상적 차원을 넘어서는 고양된 의식을 비극 관람의 효과로 낳는다는 것이 아리스토텔레스의 설명이다.

공연의 조건들

오늘날 유적으로 남아있는 고대 그리스의 극장들은 적게는 수천에서 많게는 수만의 관객을 수용할 수 있는 규모를 갖춘 실외 극장이다. 산비탈을 이용해 돌로 쌓은 계단식 객석 테아트론(*theatron* : theatre의 어원)이 무대 공간을 반원형으로 감싸고 있으며, 객석을 접하고 있는 반원형 또는 원형의 무대인 오케스트라(*orchestra* : 원래 '원형'이라는 뜻)는 주로 합창대의 연기 공간이 된다. 오케스트라와는 구분되는, 뒷면에 벽을 쌓은 1~1.5미터 높이의 단상 무대인 스케네(*skene* : scene의 어원)는 배우들의 연기 공간이었는데, 뒷벽은 분장실을 제공하는 한편, 궁전이나 신전 등의 입구를 재현하는 무대 세트의 기능을 하기도 했다. 극장 전체는 대규모의 공간이지만 자연환경을 적절히 이용해 음향 전달이 잘 되도록 지어졌다.

초기에는 합창대와 단 1인의 배우만으로 공연이 이루어졌지만, 아이스퀼로스 시대에는 배우가 2인으로 늘어났고 소포클레스에 와서 비로소 3인의 배우로 정착되었다. 따라서 일인다역의 공연이 될 수밖에 없었고, 또 남자들만이 배우로서 공연에 참가할 수 있었다. 배우는 역할과 장면의 분위기에 맞는 가면(*character* : 원래 가면을 뜻하는 말이었는데 후대에 와서 '성격' 또는 '등장인물'을 뜻하게 됨)을 교체 착용했는데, 여러 역할을 수행해야 하는 일인다역의 요구뿐 아니라 대규모 공간에 어울리는 표현적인 연기를 위해서도 필요한 장치였다. 마찬가지 이유에서 굽이 높은 코투르나이(*kothurni*)라는 신발을 착용했다. 자연히 연기는 사실적이기보다는 대단히 양식화된 – 동작의 폭이 크고 무용적이며 고양된 발성으로 전개되는 – 방식으로 이루어졌고, 산문으로 된 희극에서보다 시로 쓰인 비극의 경우 이러한 양식적 연기는 더욱 두드러졌다. 합창대의 의상은 비극의 경우 당시의 시민 계층의 일상복을 그대로 사용하는 경우가 많았지만 작품의 요구에 따라 이국적인 의상이 선보이기도 했으며, 희극의 경우에는 동물 의상과 가면도 종종 사용되었다.

작품 해설 : 신화, 비극, 역사

　기원전 429년에 최초의 상연 기록을 남기고 있는 - 그러나 실제 초연은 그
보다 앞선 시기로 추정되는 - 소포클레스의 〈오이디푸스 왕〉은 당대로서는
희귀한 몇 차례의 재상연 기록과 아리스토텔레스의 비극론의 모델이 된 작
품으로서 그리스 비극, 나아가 서구 비극의 대명사와 같은 작품이다. 또한
오늘날 전 세계적으로 가장 빈번히 상연되는 극소수의 공연들 가운데 하나
이기도 한데, 그것이 이 작품이 아리스토텔레스
이후 현대에 이르기까지 극예술의 형식
적 전범이 되어 왔을 뿐 아니라 내용과
주제에 있어서도 시대를 초월하는 보
편성을 획득하기 때문이다.

　무엇보다 오이디푸스라는 인물
은 비극적 주인공의 가장 탁월한 구
현으로 여겨진다. 뛰어난 사고력과
감성, 강인한 의지와 실천력을 겸비한
영웅적 존재이면서도 자신에게 주어진
운명의 굴레 - 현대적으로 말하자면 태
생적·성격적 결함 - 를 벗어나지 못해 파멸
의 길을 걷게 되는 그의 모습은 인간의 무한
한 가능성과 치명적인 한계를 아울러 드러내
고 있다. 성공과 실패, 상승과 추락을 동시에

**오이디푸스와 스핑크스
(기원전 4세기 화병)**

겪음으로써, 곧 인생의 정점에 닥쳐온 파멸을 통해 역설적으로 오이디푸스는 '대표적 인간'이 된다. 아마도 가장 중요한 그의 보편성은 그가 묻는 질문에 있다. '나는 누구인가?'라는 오이디푸스의 질문은 서구철학의 기반을 이루는 가장 근본적인 물음이며 특히 문학예술이 수천 년 동안 되풀이해 온 주제이다. 그 질문에 대한 〈오이디푸스 왕〉의 대답 또한 일반적 보편성을 부여받는다. 그것은 '나는 내가 아는 내가 아니다'라는 울림 깊은 대답이다.

오이디푸스 : 신화와 비극

극의 내용은 잘 알려진 신화와 같다. 테베의 왕 라이우스는 왕비 요카스타가 낳을 아들이 자신을 죽이고 왕이 되리라는 신탁이 두려워 출생 직후 그 아이의 발목을 뚫어 밧줄로 동여매고 – "오이디푸스"라는 이름은 '발목이 부어오른 자'라는 뜻이다 – 산으로 데려가 죽이게 한다. 임무를 맡은 시종은 그를 죽이지 않고 이웃 나라의 양치기에게 건네주고 우여곡절 끝에 아이는 코린트 왕의 양자로 자라나게 된다. 어느 날 '아버지를 죽이고 어머니와 결혼하리라'는 신탁을 받은 오이디푸스는 코린트 왕을 친부로 생각하고 방랑길에 오른다. 고뇌에 찬 유랑 중에 어떤 노인과 그 하인들을 싸움 끝에 죽이는 일까지 생기지만, 테베를 위협하던 스핑크스의 수수께끼를 – '아침에는 네 발, 정오에는 두 발, 황혼에는 세 발로 걷는 짐승은?' – 풀고, 공석이던 테베의 왕좌에 올라 전왕의 왕비와 결혼하게 된다.

즉위 후 많은 세월이 흘렀을 때 테베가 원인 모를 역병으로 도탄에 빠지자 오이디푸스는 역병의 원인과 해결책에 대한 아폴로 신의 신탁을 받는다. 신탁은 테베의 전왕이었던 라이우스의 살해자에 대한 신들의 저주가 역병으로 나타난 것이며 그 살해자의 정체를 밝히고 그를 추방하는 것이 역병의 해결책이라는 것이다. 결국 오이디푸스가 방랑길에 죽인 노인이 전왕 라이우스이며 또 그가 다름 아닌 자신의 아버지이고 자신은 결국 어머니와 결혼하여 자식까지 낳았음이 밝혀지자, 어머니이자 아내인 왕비는 자결을 하고 오이디푸스는 자신의 눈을 뽑고는 스스로를 테베로부터 추방한다.

신화의 줄거리는 그러나 소포클레스의 작품에 하나의 가공되지 않은 질료에 불과하다. 위와 같은 오이디푸스에 관한 연대기적 서술의 느슨한 전개와는 달리 소포클레스의 〈오이디푸스 왕〉은 긴밀한 플롯에 의해 사건 진행의 긴장감과 폭발적인 절정, 장엄한 비극성을 성취한다. 먼저, 극중 상황의 시발점을 역병 발생 이후 살인범에 대한 신탁을 받는 시점에 설정하여 과거의 단편적 사실들이 점진적으로 현재 시점으로 되돌아오게 함으로써 시간적으로 압축된 구성을 이루고 있고, 그 결과 사건의 전모가 일시에 충격적으로 드러나게 하는 효과를 성취한다. 아리스토텔레스가 지적한 대로 단 하루의 시간 안에 오이디푸스의 전 생애와 그 참혹한 운명이 백일하에 드러나는 것이다.

극의 진행은 살인범 색출을 위한 탐문 수사의 형식으로 사건을 전개하는 가운데 심문자인 오이디푸스와 일련의 증인들과의 연속적이고 긴장감 넘치는 대화를 통해 각 인물의 성격을 명확하게 제시하고 그들 사이의 갈등을 전면에 제시함으로써, 또 이러한 심문이 오이디푸스 자신의 출생의 비밀에 대한 탐색과 겹쳐지는 가운데 장면 사이사이에 개재하는 합창대의 노래를 통해 극적 갈등의 의미를 증폭시키고 작가의 주제 의식을 명료화하고 있다. '진실'의 발견을 향해 주저없이 발길을 내딛는 오이디푸스가 인간의 지력과 이성, 궁극적으로는 인간의 자유와 자존을 표상한다면, 그의 추구를 막는 인물들은 인간의 역량이 미치지 못하는 초월적 차원을 수긍하고 운명 앞의 인간적 한계를 인정하는 근본적으로 종교적인 입장을 대변한다. '사냥꾼과 쫓기는 짐승'의 이미지로 극적 갈등의 물리적 측면을 여실히 표현하는 합창대의 노래는 동시에 '빛과 어둠'의 이미지로 갈등의 이러한 윤리적 차원을 반추하고 있다.

〈오이디푸스 왕〉의 비극성은 인생의 정점에 선 한 개인이 운명과 자신 내부의 결함으로 인해 존재의 가장 낮은 나락으로 추락하는 데서 찾아질 수 있다. 신분의 고귀함 뿐 아니라 뛰어난 지력, 불굴의 의지, 통치자로서의 자질을 갖춘 오이디푸스는 '만인 위의 인간'이다. 그러나 이러한 장점은 그 인간적 한계를 인정하지 않을 때 '오만'(hubris)이 되며 바로 이것이 오이디푸스의 '비극적 과오'가 된다.

도시국가 아테네와 〈오이디푸스 왕〉

테베의 전설적인 왕 오이디푸스의 이야기에 기반을 두고 있는 소포클레스의 〈오이디푸스 왕〉은 이 작품이 쓰이고 처음 상연된 기원전 5세기 중반의 도시국가 아테네의 사회적 현실을 부분적으로 투영하고 있다. 무엇보다 작품의 원제인 "Oedipus Tyranos"는 로마 시대 라틴어 "Oedipus Rex"를 거쳐 영어의 "Oedipus the King"으로 번역되어 왔지만, 실제로 '티라노스'(Tyranos)라는 고대 그리스어는 '왕'이 아니라 - 그리고 이 말이 '폭군'(tyrant)이라는 현대영어의 어원이기는 하지만 "폭군 오이디푸스"라는 번역 또한 잘못된 것이다 - 소포클레스 당대의 아테네의 독특한 정치제도 안에서만 올바로 이해될 수 있는 용어이다.

아테네는 기원전 6세기 이전까지 느슨한 부족연합의 형태로 존재해오던 아티카 반도의 10개 부족이 6세기에 이르러 정치제도의 정비를 통해 보다 결속력 강한 공동체를 이룸으로써 하나의 도시국가로 발전했다. 도시국가 아테네는 원래의 10 부족의 정치사회적 지분을 존중하기 위해 입법·사법·행정은 물론 공동체의 모든 주요 사안의 결정에 있어서 투표형식을 택했고, 국가의 수반 또한 처음에는 10 부족의 대표들이 임기를 정해 번갈아 가며 맡다가 6세기 중반부터는 각 부족의 대표들 가운데 투표를 통해 선출하였다. 이렇게 선출된 국가수반이 바로 Tyranos, 곧 '참주'(僭主)였다. 따라서 고대 왕국 테베를 배경으로 하는 극에 참주 오이디푸스가 등장하는 것은 오늘날의 관점에서는 시대착오로 간주될지 모르겠으나, 고대의 신화적 이야기에 동시대의 사회적 환경을 투영하는 것은 소포클레스뿐 아니라 그리스 비극작가 일반에 나타나는 특징이기도 하다.

이러한 맥락에서 〈오이디푸스 왕〉에 나타나는 정치적·종교적 갈등의 정체를 제대로 이해할 수 있다. 오이디푸스에 의해 전왕의 살해범으로 혐의를 받게 된 재상 크레온이 오히려 오이디푸스를 시민권을 위협하는 '폭군'으로 역공하는 것은 고대국가 테베의 정치제도 안에서가 아니라 아테네의 사회적 현실이었던 참주정치의 맥락에서이기 때문이다. 시민권을 존중하지 않고 시민들에 의한 민주적 절차를 건너뛰면서 자의적 권력 행사를 하는 오이디푸스는 참주로서 전횡을 행한 것이며 전제군주의 절대 권력을 부당하게 행사하는 것으로 간주되는 것이다. 오이디푸스의 비극적 몰락을 재촉하는 더욱 중요한 요소는 그와 합창대로 대변되는 원로시민 사이의 종교에 대한 관점 차이에서 발견된다. 당시 아테네는 철저한 제정분리의 사회로서 세속적 통치자와 종교적 권위 사이에 뚜렷한 구분이 있었으나 시민들은 물론 정치적 지도자들과 참주까지도 제사장들로 대변되는 신권에 관습적으로 복속된 존재였다. 극중의 예언자에 대해 폭언을 하거나 신의 섭리를 인정하지 않는 태도, 나아가 신권적 제왕의 모습까지도 구현하고 있는 오이디푸스는 종교적 – 특히 보수적인 입장에서의 – 관점에 의하면 사회 일반의 종교적 관념에 도전하고 때로는 신성모독의 혐의까지도 받을 수 있는 존재로 묘사되고 있는 것이다.

한편, 오이디푸스가 일면 구현하고 있는 이러한 전횡적 참주의 모습은 단지 극중 세계에 국한된 것이 아니었다는 데 비극과 현실의 보다 밀접한 관계가 있다. 실제로 소포클레스 당대의 참주는 바로 도시국가 아테네의 황금기를 이끌고 고대 민주주의를 꽃피운 것으로 알려진 페리클레스(Pericles)였다. 역사학자들에 의하면 다수 시민의 지지를 받아 참주의 직을 수차례 연임한 페리클레스는 개인적으로는 탁월한 정치가요 다재다능하고 위대한 인물로서 시민들의 존경을 받았지만, 다른 한편으로는 전통적인 참주의 권한을 넘어서는 전횡과 종교적 관습으로부터의 일탈로 인해 반대 세력에 의해 심각한 견제와 신랄한 비판을 받았다고 한다. 요컨대 비극 〈오이디푸스 왕〉은 동시대의 일반적인 사회적 여건뿐 아니라 특정한 사건과 인물을 부분적으로 반영하고 있기도 하다. 그런 면에서 서구 비극의 보편적 전범이 되는 이 작품은 동시에 매우 역사적이고 특정한 가치에 기반해 있기도 한 것이다.

Agamben, G. "Oedipus And The Sphinx," Stanzas : *Word and Phantasm in Western Culture*. Minneapolis : UP of Minnesota, 1993.

Alford, C. F. *The Psychoanalytic Theory of Greek Tragedy*. New Haven : Yale UP, 1992.

Baldock, M. *Greek Tragedy* : an Introduction. Bristol : Bristol Classical, 1989.

Beer, J. Sophocles and the *Tragedy of Athenian Democracy*. Westport : Praeger, 2004.

Birkerts, S. P. *Literature : the Evolving Canon*. Boston : Allyn & Bacon, 1996.

Boitani, P. "Oedipus And Lear : Recognition And Nothingness," *The Genius to Improve an Invention : Literary Transitions*. Notre Dame : UP of Notre Dame, 2002.

Brockett, O. *History of the Theatre*. Needham Heights : Simon & Schuster, 1995.

Brown, J. R. (ed). *The Oxford Illustrated History of Theatre*. Oxford : Oxford UP, 1995.

Burkert, W. *Savage Energies* : Lessons of Myth and Ritual in Ancient Greece. Chicago : UP of Chicago, 2001.

Burkert, W. *Oedipus, Oracles, and Meaning : from Sophocles to Umberto Eco*. Toronto : UP of Toronto, 1991.

Cook, A. S. Oedipus Rex : *a Mirror for Greek Drama*. Belmont : Wadsworth, 1965.

Corrigan, R. W. *Tragedy : Vision and Form*. New York : Harper & Row, 1981.

Csapo, E. & W. J. Slater. *The Context of Ancient Drama*. Ann Arbor : UP of Michigan, 1995.

Easterling, P. E. (ed). *The Cambridge Companion to Greek Tragedy*. Cambridge : Cambridge UP, 1997.

Ehrenberg, V. *Sophocles and Pericles*. Oxford : Blackwell, 1954.

Else, G. F. *Aristotle's Poetics*. Ann Arbor : UP of Michigan, 1967.

Else, G. F. *The Origin and Early Form of Greek Tragedy*. New York : Norton, 1972.

Euben, J. P. (ed). *Greek Tragedy and Political Theory*. Berkeley : UP of California, 1986.

Fergusson, F. *The Idea of a Theater : the Art of Drama in Changing Perspective*. Garden City : Doubleday, 1953.

Fergusson, F. "Oedipus According To Freud, Sophocles, and Cocteau," *Sallies of the Mind*. (eds) J. McCormick & G. Core. New Brunswick : Transaction, 1998.

Flickinger, R. C. *The Greek Theatre and Its Drama*. Chicago : UP of Chicago, 1936.

Gagarin, M. & D. Cohen (eds). *The Cambridge Companion to Ancient Greek Law*.

Cambridge : Cambridge UP, 2005.

Gassner, J. *Theatre & Drama in the Making : from Antiquity to the Renaissance*. New York : Applause Books, 1992.

Girard, R. *Oedipus Unbound : Selected Writings on Rivalry and Desire*. Stanford : Stanford UP, 2004.

Griffin, J. "Sophocles and the Democratic City," *Sophocles Revisited : Essays Presented to Sir Hugh Lloyd-Jones*. (ed) J. Griffin. Oxford : Oxford UP, 1999.

Guth, H. P. "Greek Tragedy : The Embattled Protagonist," *Discovering Literature : Fiction, Poetry, and Drama*. (eds) H. P. Guth & L. G. Rico. Englewood Cliffs : Prentice-Hall, 1993.

Hartigan, K. V. *Greek Tragedy on the American Stage : Ancient Drama in the Commercial Theater, 1882-1994*. Westport : Greenwood, 1995.

Huddilston, J. Greek Tragedy in the Light of Vase Paintings. London : Macmillan, 1898.

Juillerat, B. "Oedipus Complex, Myth, And Ritual Theater," *Shooting the Sun : Ritual and Meaning in West Sepik*. Washington : Smithsonian Institution, 1992.

Kallich, M. & A. MacLeish (eds). *Oedipus : Myth and Drama*. New York : Odyssey, 1968.

Kirkwood, G. M. A *Study of Sophoclean Drama : with a new preface and enlarged bibliographical note*. Ithaca : Cornell UP, 1994.

Kitto, H. D. F. *Greek Tragedy and Dionysus*. New York : Applause Books, 1992.

Kitto, H. D. F. *Three Tragedies : Antigone, Oedipus the King, Electra*. London : Oxford UP, 1962.

Kitto, H. D. F. *The Greeks*. London : Penguin Books, 1957.

Knox, B. *Oedipus at Thebes*. New Haven : Yale UP, 1957.

Knox, B. *The Heroic Temper : Studies in Sophoclean Tragedy*. Berkeley : UP of California, 1964.

Kott, J. *The Eating of the Gods; an Interpretation of Greek Tragedy*. New York : Random House, 1973.

Loraux, N. *The Mourning Voice : an Essay on Greek Tragedy*. Ithaca : Cornell UP, 2002.

MacKinnon, K. *Greek Tragedy into Film*. London : Croom Helm, 1986.

Markantonatos, A. *Oedipus at Colonus : Sophocles, Athens, and the World*. Berlin & New York : De Gruyter, 2007.

McDonald, M. & J. M. Walton. *The Cambridge Companion to Greek and Roman Theatre*. Cambridge : Cambridge UP, 2007.

Novy, M. "Oedipus : the Shamed Searcher-Hero and the Definition of Parenthood,"

Reading Adoption: Family and Difference in Fiction and Drama. Ann Arbor: UP of Michigan, 2005.

Olivier, Laurence. *Confessions of an Actor: an Autobiography.* London: Simon & Schuster, 1982.

Pelling, C. (ed). *Greek Tragedy and the Historian.* Oxford: Clarendon, 1997.

Pickard-Cambridge, A. *The Dramatic Festivals of Athens.* Oxford: Clarendon, 1968.

Pucci, P. *Oedipus and the Fabrication of the Father: Oedipus Tyrannus in Modern Criticism and Philosophy.* Baltimore: Johns Hopkins UP, 1992.

Rocco, C. *Tragedy and Enlightenment: Athenian Political Thought and the Dilemmas of Modernity.* Berkeley: UP of California, 1997.

Rowe, C. & M. Schofield (eds). *The Cambridge History of Greek and Roman Political Thought.* Cambridge: Cambridge UP, 2000.

Seale, D. *Vision and Stagecraft in Sophocles.* Chicago: UP of Chicago, 1982.

Segal, C. *Oedipus Tyrannus: Tragic Heroism and the Limits of Knowledge.* New York: Twayne, 1993.

Segal, C. "Sophocles' Oedipus Tyrannus: Freud, Language, and the Unconscious," *Freud and Forbidden Knowledge.* (eds) P. L. Rudnytsky & E. H. Spitz. New York: New York UP, 1994.

Segal, C. *Sophocles' Tragic World:* Divinity, Nature, Society. Cambridge: Harvard UP, 1995.

Segal, E. (ed). *Greek Tragedy: Modern Essays in Criticism.* New York: Harper & Row, 1983.

Sommerstein, A. H. *Greek Drama and Dramatists.* London: Routledge, 2002.

Stanford, W. B. *Greek Tragedy and the Emotions: an Introductory Study.* London: Routledge & Kegan Paul, 1983.

Taplin, O. *Greek Tragedy in Action.* London: Routledge, 1993.

Vickers, B. *Towards Greek Tragedy: Drama, Myth, Society.* London: Longman, 1973.

Walcot, P. *Greek Drama in its Theatrical and Social Context.* Cardiff: UP of Wales, 1976.

Waldock, A. J. *Sophocles the Dramatist.* Cambridge: Cambridge UP, 1951.

Walton, J. M. *Greek Theatre Practice.* Westport: Greenwood, 1980.

Webster, T. B. L. *Greek Theatre Production.* London: Methuen, 1970.

Wilcocks, R. "Oedipus Meets The Sphinx: the Discovery and the Case of Dora," *Maelzel's Chess Player: Sigmund Freud and the Rhetoric of Deceit.* Lanham: Rowman & Littlefield, 1994.

Whitman, C. H. *Sophocles : a Study of Heroic Humanism.* Cambridge : Harvard UP, 1951.

Wiles, D. *Greek Theatre Performance : an Introduction.* Cambridge : Cambridge UP, 2000.

Wilson, J. P. *The Hero and the City : an Interpretation of Sophocles' Oedipus at Colonus.* Ann Arbor : UP of Michigan, 1997.

Wilson, J. P. (ed). *The Greek Theatre and Festivals : Documentary Studies.* Oxford : Oxford UP, 2007.

Winnington-Ingram, R. P. *Sophocles : an Interpretation. Cambridge* : Cambridge UP, 1979.

Wise, J. *Dionysus Writes : the Invention of Theatre in Ancient Greece.* Ithaca : Cornell UP, 1998.

Woodard, R. D. (ed) *The Cambridge Companion to Greek Mythology.* Cambridge : Cambridge UP, 2007.

Woodard, T. *Sophocles : a Collection of Critical Essays.* Englewood Cliffs : Prentice-Hall, 1966.

Zimmermann, B. *Greek Tragedy : an Introduction.* Baltimore : Johns Hopkins UP, 1991.

역저자에 대하여

강태경은 고려대학교 영문과를 졸업하고 미국 오하이오 주립대학교 연극학과에서 셰익스피어와 르네상스 연극사로 박사 학위를 취득했다. 셰익스피어 당대 연극의 사회문화사 및 현대 셰익스피어 공연들에 대한 연구를 수행해왔으며, 최근에는 현대영미드라마에 대한 공연학적 연구를 병행하고 있다. 드라마터그로서 국내 공연 제작에도 참여하고 있다. 현재 이화여자대학교 영어영문학부 교수로 재직하고 있으며, 두 차례에 걸쳐 강의우수교수로 선정되었다. 동교 통역번역대학원장과 언어교육원장을 역임했고, 한국연극학회 학술이사와 셰익스피어학회 공연이사 등을 지냈다.

저서로는 『에쿠우스 리포트: 런던발 뉴욕행 1974』, 『브로드웨이의 유령: 한 연극학자의 뉴욕 방랑기』, 『연출적 상상력으로 읽는 〈밤으로의 긴 여로〉』, 『〈오이디푸스 왕〉 풀어 읽기』, 『현대 영어권 극작가 15인』(공저), 『셰익스피어/현대영미극의 지평』(공저), 역서로는 『안티고네』, 『만인/빌라도의 죽음』, 『햄릿』, 『리처드 3세』, 『리처드 2세』, 『타이터스 앤드로니커스』, 『아테네의 타이먼』, 『에쿠우스』 및 『서양대표극작가선』(공역)이 있다. 무대 작업으로는 〈오이디푸스〉, 〈안티고네〉, 〈리처드 2세〉(이상 국립극단), 〈꼽추 리처드〉, 〈세일즈맨의 죽음〉(이상 예술의 전당), 〈유리동물원〉(명동예술극장) 등이 있다. 학술논문 "Enter Above: 셰익스피어 사극에 있어서 시민들의 자리"로 셰익스피어학회 우수논문상(2000년)을, "누가 나비부인을 두려워하랴: 브로드웨이의 '엠. 나비' 수용 연구"로 재남우수논문상(2003년)을 수상했다.

〈오이디푸스 왕〉 풀어읽기
-텍스트와 퍼포먼스-   값15,000원

2018년 8월 20일 초판1쇄 발행
2021년 8월 1일 초판2쇄 발행

역저자   **강 태 경**
발행인   **김 혜 숙**
- -
발행처   **홍 문 각**
등록번호 제2020-000233호 (2014년 10월 29일)

주소 : 서울특별시 서초구 강남대로 309 코리아비즈니스센터 1715호
전화 : 02-3474-6752, Fax : 02-538-5810
E-mail : hmgbp@hanmail.net
ISBN : 979-11-88515-06-6 03840

* 저자와의 협의에 의해 인지를 생략했습니다.